吕

吕 新 作 品 系 列

隐蔽

吕新/著

山西出版传媒集团 北岳文艺出版社
BEIYUE LITERATURE & ART PUBLISHING HOUSE
·太原·

图书在版编目(CIP)数据

隐蔽 / 吕新著. —太原：北岳文艺出版社,2018.1
(吕新作品系列)
ISBN 978-7-5378-5436-8

Ⅰ.①隐… Ⅱ.①吕… Ⅲ.①中篇小说—小说集—中国—当代 Ⅳ.①I247.5

中国版本图书馆CIP数据核字(2017)第275918号

书名:隐　蔽
著者:吕　新

策　　划:续小强
责任编辑:关志英

项目统筹:马　峻
装帧设计:张永文
印装监制:巩　璠

出版发行:山西出版传媒集团·北岳文艺出版社
地址:山西省太原市并州南路57号
邮编:030012
电话:0351-5628696(发行部)　0351-5628688(总编室)
传真:0351-5628680
网址:http://www.bywy.com　E-mail:bywycbs@163.com
经销商:新华书店　印刷装订:山西万佳印业有限公司

开本:890mm×1240mm　1/32　字数:159千字
印张:7.25　版次:2018年1月第1版　印次:2021年1月山西第2次印刷
书号:ISBN 978-7-5378-5436-8
定价:39.00元

目录

隐　蔽

一

这年冬天，长期在黄村秘密养伤的曾小林排长病情恶化，突然身亡。

入冬以来的第一场大雪使这个消息封锁了三天。大雪隔断了通往黄村的一切道路，茫茫的雪野上行人寥寥无几。

突如其来的这场大雪使黄村的男女老幼在喜出望外之余感到了一种隐隐约约的不安。寒冷的积雪仿佛一场噩梦，寂静的街上连那些不安分的孩子也很少出现，村口的路上和田野里看不到在雪天里捕鸟的人。

九营营长郭锐得到曾小林的死讯是在几天后的一个傍晚。其时，郭锐带着卫兵陈小轩正向一片收割过后的玉米地里走去。有几只乌鸦在那里觅食，周围一片寂静。

夜里，踏着满地惨淡的月光，陈小轩在通往黄村的一条路上疾走如飞。即将归乡的喜悦心情使他被沿途的积雪几次滑倒。

马连泰把陈霞的衣服从房门上取下来，扔到陈霞的面前。马连泰用手指着陈霞说：“这么多年来，我一直都在受着你们的蒙蔽。”

“这事能怪我吗？要怪你的想象不切实际，一文不值。”陈霞说着，瞟了一眼那条黑色的裤子，寒冷使她脸色苍白发青，并忘记了裸露带来的耻辱。她短暂而匆忙地注视了一下马连泰的那张脸，目光移向窗口。那边，高而窄的窗户上，一种炽烈的光线白得耀眼。陈霞判断着现在的时间，她不知道这是一天中的午后还是黎明，窗口上涂抹着的那种白炽的光线像一道飘起的马尾一样刺酸了她的眼睛。她又看了一眼马连泰，那一位的脸上愁云密布，心事满腹，毫无倦意。陈霞此时突然感到自己对时光有了一种崭新而粗浅的认识。她听到了一种声音：有人在外面走动。

多年来的那种激动人心的想象遭到了无情的打击和粉碎性的毁灭。打击来自事情的真相，真相使他绝望而心灰意冷，他无所事事地站在陈霞的对面，仿佛裸露的是他自己。他看到陈霞的耳后有一颗麦粒大小的黑痣，不禁吃了一惊。以前好像从未见过，难道是一天之内突然长出来的？他思索着，却又感到精力难以集中，心里乱糟糟的，没有一件事情能够理清头绪。后来，他的脸上浮出一线笑容。他对陈霞说：

“今天天气很好，太阳出来了。”

有一张脸在门外向里面窥探，马连泰咳嗽了一声。那张脸不见了。

昨天晚上，入冬以来的第一场大雪悄无声息地覆盖了黄村的所有房屋和每一条街道，夜晚的寒气仿佛一个无孔不入的桃色消息，四处扩散，随意渗漏，村中一片晦暗，所有的树木以及山墙都被装饰得难以辨认。提前入睡的马连泰不断从梦中听到那种吱吱扭扭的踩雪的声音，神色匆匆的人和无所事事的人都会在雪地上踩出那样的声音。马连泰频繁而情不自禁地咬着牙，他们乱纷纷的踩雪声音使他的牙根奇痒而酸困，有如他平日焦急上火的那种征兆。他不明白他们在外面干什么，他觉得在雪地里几乎没有什么好干的事情。早晨起来，马连泰推开窗户，看到院中的几棵梨树披挂着昨夜的积雪，所有的枝丫看上去都又白又胖，如同几棵人工制作的假树。“丰年好大雪”，马连泰注视着对面的一道积雪的屋脊，在窗前自言自语。早晨雪霁后的空气使他感到很舒服。

院中几条青砖的甬道已被早起的人扫开。有人正在井边提水，饮马。

小翠端着一盆衣服向水房那边走去。路过窗外，小翠忽然看见了站在窗户里面独自出神的马连泰。马连泰的那张睡眠不足的脸使她端着洗衣盆轻轻地跑起来。

马连泰叫住了她（他感到有一片类似手帕一样的东西从自己的眼前轻轻飘过）。马连泰对小翠说：“天生的贱骨头，我又没有骂你，好好的路不走，你瞎跑什么。”

小翠在窗前停住，院墙上白色的积雪使她眼前一阵发黑。她把洗衣盆抱在胸前，耳边听到马连泰又在问她：

“你穿得太少，你不冷吗？”

“我不冷。”

小翠说着，忽然又想起什么，刚想张嘴，又立即低下一了头。马连泰看到了她的表情。马连泰说：“什么？你想说什么？”

小翠说："老爷，三少爷昨天夜里又尿炕了。"她向东边望了一下。

那边，有人晾出两张被褥。

马连泰皱了一下眉头，这消息日复一日地磨蚀着他的耐心。他看了一下眼前的这个身材单薄的女孩子，一丝不快涌上他的面额。他说："这也值得炫耀吗？你们为什么不叫醒他？你们是不是都梦周公去了？"

小翠说："我一直守在他的屋里，叫了，我叫了他三次，三少爷嫌冷，不离开被窝。"

马连泰说："为什么不生火？"

小翠说："家里没烧的了，每个人的房里只给一块炭，剩下的都放在厨房里，首先得保证厨房里用火，保证有饭吃。"

又是一个使他不快的消息。马连泰在窗前站得时间久了，现在忽然感到身上有些发冷。他说："让老赵来见我。"

小翠提醒道："老爷您忘了吗，他们套着马车出去买炭了。这几天我们都盼着马车回来，我每天都梦见我们的马车在路上飞跑。"

马连泰想起了马车出发前的那个早晨。老赵说多则一天，少则半天就回来了。三辆马车停在街门口，远处不时有零星的枪声传来。枪声来自那些山上和树丛里，但那些地方连一个人影都没有。天色异常阴晦低暗，快下雪了。他们都希望能够提前回来，度过一个温暖的冬天。而现在，时间已经过去三天了，三辆马车一直杳无音讯，连一个回来报信的人都没有。马连泰想起那天早晨，对面屋脊上的一只喜鹊虎视眈眈地盯着街门外三辆整装待发的马车。老赵一边系腰带，一边从院里走出来。车夫们都在往各自的口袋里装烟丝。老赵抬起头仰望着阴暗的天空，对忧心忡忡的马连泰说，苍天有眼，我们很快就能弄回过冬的炭来。一名车夫挥舞了一下手中的鞭子，对面屋顶上那只喜鹊被惊起后又慢慢落下。黄村的许多房屋上都望不见往日里那种笔直上升的炊烟。

雪后的第一个早晨，马连泰得到了曾小林排长猝死的消息。

小翠在马连泰复杂的视线里轻轻地向水房那边走去。马连泰感到自己的手心有些发烫，两只眼睛不停地跳来跳去。他在用盐水漱口之时，粗暴地用手揉搓着两只眼睛，希望能结束那种令人不安的跳动。他的猛烈的动作获得了一种暂时的宁静，粗暴方式所带来的结果使他满意，他想起了神鬼怕恶人那句老话。他走进东边的一间房子里，陈霞已经醒了，正在梳头，她的身体瑟瑟发抖。

马连泰对陈霞说："下雪了。吃完饭你就回去吧。"

马连泰带来的这个消息让陈霞的心里也渐渐地安定了下来，她终于明白那个窗口为什么那么晃眼了。这个过程中，她听到马连泰像一个不谙世事的孩子一样对她说，我不知道你的腿上为什么会有那样的一些痕迹。她说，你不知道的事情多了。也不只是你，所有的人，每个人所知道的事情也就是自己熟悉的那一点点。

马连泰若有所悟地唔了一声，他感到喉咙里有一个坚硬的东西阻挡着他的声音。他觉得眼前的这个女人真是与自己家里的那些女人大大不同，那些女人一个个都是猪脑子，黑白不分，轻重不懂，没有男人就活不下去，而陈霞却不是。可现在，当陈霞的极其平常的身体呈现在他的面前时，他突然滋生出一种被人釜底抽薪的感觉，仿佛珍藏多年的一颗珠子到头来只是一块硌手的石头。他就是为了一个又一个的不可知的秘密而兴致勃勃地活着的。每当有一种真相由于某种原因而呈现出来后，他都会在震惊之余涌起一种深深的绝望。一个又一个的秘密的破译，常常使他心如死灰，索然无味。许多个夜晚，他不止一次地在梦中、在他毫无防备的情况下看到一些生活中的破绽和纰漏，看到一些其实什么也不是的秘密，许多类似的场景就是这样一次又一次地无情地摧毁了他的睡眠和前程。

现在，陈霞穿好了衣服，脸上逐渐恢复了往日的神色。厨房里一名帮灶的女人送来一碗饭。陈霞在吃饭的过程中询问马连泰捐粮的数目。她所在的学校在飞机阴影的笼罩下早已坍塌为一片废墟，学生如一群受惊的麻雀一样四散而去，不少人每天上山砍柴。

“五斗吧。五斗不算少了。”马连泰说。陈霞抬起头看着他，一双竹筷交叉在手中。马连泰说：“其实我损失得最多，飞机炸死了我的三头耕牛，去年又歉收……”

陈霞说：“用不了多久，郭营长他们就会回来的，我要告诉他们你都干了些什么。妇女主任……我的话……”

“你是我看着长大的，我能对你怎么样呢？十斗，十斗……够我们全家老小吃一年的。”马连泰心不在焉地说道。他正看着陈霞吃饭，她的粉红色的舌头在嘴里缓慢地徘徊，偶尔出没一下。眼前的情形使他很想呼喊一声。

“自从听到曾排长猝死的消息后，你就魂不守舍。”陈霞说。

“别胡说！”马连泰急忙打断陈霞的话，他发现自己的面颊异常潮湿，他的眼前展开一幅湿漉漉的画面。他听到自己的声音变得泥泞而坎坷。“他死活与我有什么瓜葛，我牵挂的是我的马车，三天过去了……没一点……线索……一个人都没回来。”

“擦擦吧，你的鼻子上都是汗。”陈霞说着，将一块手帕扔过去。马连泰伸开两臂用一种十分笨拙的姿势去迎接飞来的手帕，但没有接住。手帕落到了地上，他俯身捡起来，发出一阵艰难的喘息。

陈霞的话使他仿佛在一瞬之间迷失了方向。现在想起来，长流水村的郭进财已死去很久了。不长眼的、贪财的郭进财，在几个月之前派人打死了一位长途贩运黄布和纽扣的人，他完全不知道那个人的真实身份其实是路西区的一位供应科长。不久，有一部分人在八月十五的夜晚割掉了郭进财的舌头（郭进财那天晚上正在院里开心地赏月）。事发之后，马连泰暗中派人带着礼品前去探望逢遭不测的郭进财。派去的人回来告诉马连泰说，郭进财每天在家里哼哼呀呀，四处乱蹦，嘴里不时发出一种呜呜的声音，什么意思都表述不清，像一个脾气暴躁的哑巴。又过了不久，郭进财忽然心血来潮，启封了一缸多年以前的窖酒，他兴致勃勃地拿着一只碗盛酒喝的时候，竟然头重脚轻地栽进了酒缸里。强劲的酒力使他的尸体变得又红又肿，弥漫的酒气引来了众多背井离乡的乞丐和逃荒者。

陈霞吃过饭，向外面走的时候整理了一下自己的头发和衣服。马连泰突然像一个孩子一样躲到她的身后，一手拽着她的衣襟，说：

“等等，我还想对你说……”

“什么？”

“曾排长的确不是我弄死的。”

二

昨夜的一连串诡异的梦境在王儒看来并非偶然，它至少昭示着一种时远时近的灾难。早晨起来，王儒感到浑身酸痛，四肢倦怠，仿佛卖了一夜的力气。梦境里的内容执拗而冥顽，不容分说，有一种强词夺理的意味，使王儒感到一种极度的愤慨。早晨醒来，尽管有关的那些细节已纷纷剥落、褪浅，王儒仍感到胸内十分憋闷。窗前雪地上的白色反光透进屋里，使他误以为自己睡过了头。

王儒从家里出来，看到了白茫茫的冬日的黄村景象，入冬以来的第一场大雪使他在这个早晨感到无比惊喜，昨夜的那场不通情理的梦魇正在渐渐远去。他走出大门，注视着南边一带沉睡的田野，白色的积雪覆盖了往日里一切的喧嚣和不安。街对面一位早起的妇女正在墙边的水道旁低头倾倒便盆，她抬起头看到早起的王儒后，脸上忽然飞起两朵红云。王儒摇摇头，向一旁走去。这是他早晨以来遇见的第一张脸。

第一张脸是笑脸。——这最初的情形使他感到愉快。他吐出一团白气。

远处有一个背柴的人走来，看上去如一只展翅低飞的黑鸟。

王儒向寂静的村口慢慢走去，积雪在他的脚下发出阵阵吱吱的羞羞答答的声音。在这个过程中，王儒望见了村中坍塌后的学堂，现在只剩下几道断墙了，从前支撑着学堂的最后一根圆柱十分刺眼地耸立在他的视线里，给他留下一种不合时宜的印象。村中多数的房屋都紧闭着门窗，有的门前倾倒出一堆堆黑色的药渣。在村口，预料之中的那种缭乱的车辙和人迹都没有出现。王儒清晰无比地看到所有通往黄村的路都消逝不见了。

王儒的眼睛难以适应早晨的阳光和积雪，他感到眼前布满了无数形状各异的重影，他在村口的雪地上匆匆忙忙、敷衍了事地活动了一下肿胀的腿脚，有一种无形的东西使他难以像往日那样专心致志地一直练到早炊结束之后。他不断挥手驱赶着呈现在眼前的那种缭乱的重影，可重影越来越多，且迸发出某种金色的火星。他费了很大的力气才勉强稳住自己的身体，脑子里固执而反复地转动着回家的念头。我要回家，我该回家了。王儒这样想着，开始急急忙忙地向村中走去。走了几步，他忽然停下了脚步。他的手上和身上沾满了早晨的雪。

我这是怎么了？好像后面有鬼催着。我这样慌不择路地赶回去究竟想干什么？家里有什么？家里什么也没有。

王儒的腿陷在村口几寸厚的雪中，他忽然发现自己变得进退两难，举步维艰。远处一棵树上的积雪被突然震落下来，变得像一场弥天的大雾。适才的那种草草收兵、半途而废的晨练使他感到无比心虚，那种可恶的重影像无数嗜血的蚊虫一样萦绕在他的四周。

这样的天气，路上一个人也没有，难道我不该回家去吗？

王儒闭着眼睛，想起了家中一层层蒙满了积雪的青石台阶，几件终年见不到阳光的庞大而笨重的家具，屋内潮湿的砖地像雨前阴暗的天空……炉火……缺角的砚台……书声琅琅的清晨……滑翔的飞机像一种令人无法承受的耳语，猛烈而又冗长，所有的梁木与出口在一瞬之间突然回黄转绿，直至最后完全发黑。那是他晚年里渐渐呈现于世的重重斑点，褐色的斑点，夜夜提醒他步履蹒跚。打击来自视线，来自飘动的书页，被血喂肥的野狗，被血染红的石头，夕阳下来自手掌中的阴影越来越重，辽阔而无边……门洞里的呐喊……坚挺的小腹……不堪一击的小腹……她的苍白的脚趾……谁在里面……天色是在午后开始阴晦的，街上只有少数人走动的午后……少数的人……飘扬在村口和墙上的绳索，寒冷使他缩回了头，缩回到几十年以前。睁开眼睛，他发现自己正在仰望着早晨的天空，太阳的四周有一道绿色的光圈，如同一带柔软的迎风起舞的青草。这时，他听到寂静的村中传来了开门的声音和辘辘滚动的急促的声音，黄村所有高矮不齐的房屋和树木全都披挂着绿色的积雪。遥望熟悉的村庄，王儒抬起冰凉的衣袖拭去了眼中的点点泪水，他对这种不知不觉中出现的泪水感到惊讶。大清早起来，他居然平白无故地流出了眼泪，这才真叫匪夷所思。这种变化使他感到无奈而好笑。

王儒的身体慢慢地向村中移动，如同在消磨时光。对面一个早起的人向王儒打了一个招呼。王儒点点头，抬了一下胳膊。那个人是个驼背，他朝王儒扬起一只手，他的身影在雪地上如同一棵低矮的弯曲而年久的桃树，黑黑的。转过几座盖着雪的房屋之后，王儒来到一条僻静的街上。街两边灰色的房子很多，但临街的门只有一两扇。一只风铃的声音在低低回荡。王儒是从西边过来的，他看见马连泰站在自家大门口向东面张望。马连泰戴着一对毛茸茸的兔皮护耳，两手笼在袖筒里。王儒吱吱扭扭的踩雪的声音惊动了马连泰。马连泰回过头，王儒已走近。马连泰说，早。王儒点点头，早。王儒听到马连泰灰砖的院子里传来一阵铁锹和扫帚的声音，里面正在扫雪。

“真冷呀。”王儒对马连泰说。

“谁说不是，这种天气，连鬼都不愿意出门，”马连泰说着，伸手向西边一指，“我能去那里弄死曾排长吗？”

王儒一惊，“怎么，听到什么说法了吗？”

马连泰说：“我知道人们都会那么想，我能不让他们那么想吗？我怎么敢弄死他，谁不知道九营的人一个个都六亲不认。”

王儒说：“你想得太多了，我从未听说过这事与你有牵连。”

马连泰说：“我没办法不想，这事情让我吃不香睡不着。”

一个矮小的男人提着一把扫帚从里面出来，说：“铲起来的雪要倒到哪里去？”

马连泰伸手指着自己的一根眉毛，说：“这儿，倒进我的眼睛里来。”

矮个男人像挨蜇似的逃回院子里去，王儒情不自禁地笑了一下。院子里传出一阵争吵声。马连泰向王儒询问学校的情况，王儒垂下眼睛。浮在门楼上的白雪使他感到很刺眼。谈论已沦为废墟的学堂王儒感到伤神，他只向马连泰提起了一个不幸的消息：学堂里的女教师陈霞已经有好几天没有露面了。

“没有，她刚从这里走过去，看样子她很冷。”马连泰说。

“什么？你看见她了？”王儒说。

“是的，我还与她打了招呼。”

“这么大的雪，冷天……她是从哪里出来的呢？”王儒望着马连泰，又向街两边看看。“我在村口连一个脚印都没有看见。”

“很多事情就是这样古怪，比如我，”马连泰说，“我从来没有杀人的念头，可人们都说我弄死了曾排长，他的确不是我弄死的。当着这么白的雪，我绝不敢胡说一句。”

“谁在这么说？”王儒说。

“这会儿她说不定已经到家了。”马连泰说着，把一只手重新缩回袖筒里。

“她跟你说了什么？”王儒说。

“没有。我一共见过他两次。”马连泰的脸红了一下，“我真的从没有过那种念头，弄死他对我有什么好处呢？不，一点儿好处也没有。我活了四五十岁，连这个都不懂吗？我懂。”

“我以为她出事了。”王儒说。

“是的，他死了，可是我永远也洗刷不清了，我真难受。”马连泰说。

王儒向东边走去。街上有一串脚印，王儒一边辨认着，一边追寻着向前走去。闪着亮光的积雪使他无法大步流星，只能慢慢地走，小心翼翼地走。马连泰在后面大声对他说：“你得相信我，曾排长的确不是我弄死的。”

“我谁也不信。”王儒低声对自己说。他不断地伸手揉着自己的眼眶。在这个冬天的清冷的早晨，他无比惊愕地发现自己的眼睛出了毛病：看什么都是绿的。

三

中午。

马连泰在家人的劝说下，勉强喝了几口清汤，他不想吃饭。最初他连汤都不想喝，厨房里的灶火一直没有熄灭，放凉了的汤热了一遍又一遍。出于对炭的珍惜，他让厨房灭了火。之后，他独自坐在屋檐下发呆，不肯回去睡觉。不久，一种声音惊动了他。

“什么声音？”马连泰睁开眼说道。

“好像是马蹄声。”小翠说。

“九营来人了，来勾我的魂。”马连泰东倒西歪地站起来，小翠过去扶住他。小翠感到他的身体异常沉重，又潮湿不堪。马连泰说：“他们也以为是我弄死了曾排长，否则，他们不会在大雪天派人来。”他用力推了小翠一下，“去，看看，是不是他们来了。”

小翠走过去开门，马连泰在失去扶助后突然像一只口袋一样沉闷地栽倒在院子里。小翠看了一下，打开了街门。

外面，一个身穿黑色山羊皮衣的人以一种十分荒唐的姿势从马背上滚落下来。

午后的积雪回黄转绿。

在王儒关注而疲惫的视线里，小学教员陈霞的面容呈现出一种微微的绿意。陈霞垂着眼睛，她的身体在衣服里颤抖。陈霞的这种样子使王儒感到很不舒服，异常失望。有很长一段时间，王儒不再去关注陈霞的脸，他把自己的一只手举到眼前一遍一遍地仔细端详着。王儒发现自己的手像一件饱经沧桑四处流失的玉器，在翠绿色的表面光泽下蕴藏着一种积淀已久的黑色的成分。它从一个人的手中流落到另一个人的手中，历经了众多的地方，更换过无数的主人，现在属他所有。王儒很难想象它再度流失时的情形。“目前，我是它的主人。”他忐忑不安地将它缩到袖筒里，又小心翼翼地露出一点来看看，仿佛被他藏在袖筒里的是一只随时都会振翅欲飞的翠鸟。

“不行，这是我的。”王儒突然将想象中的流失事件情不自禁地喊了出来。喊声惊动了坐在一旁的陈霞。陈霞抬起头，看着王儒。陈霞迷惑不解地说：“什么?”

王儒的脸涨得通红。

在王儒尴尬而不安的视线里，陈霞的脸看上去青翠欲滴，像夏日里未成熟的水果，仿佛有无数的枝丫和叶片在背后和两侧轰轰烈烈地烘托着陈霞的面容和身体。王儒坐在陈霞的对面，对陈霞青翠神情的注视，使王儒感到了一种从头至脚的滑爽的凉意。王儒半张了一下嘴，忍不住咳嗽起来。

“老校长，你好像受了风寒。”陈霞对王儒说。

王儒摆摆手。咳嗽终于停止了，他又把那只手重新缩回到深深的袖筒里。这种隐蔽的方式使他能够不断地产生一种比较可信的安全感。他对陈霞说道：

“这些天我四处打听你的下落，我没想到你原来一直就在村里。昨天晚上我卜了一卦，我以为你出事了，卜出来的那一卦使人害怕，很不好。”

陈霞说：“我母亲的眼睛不好，这些天我一直帮她赶制过冬的棉衣。”

王儒说：“是的，那是极其可恶的一卦。学堂是完了，你若再出了什么事，我会死不瞑目的，现在好了。”

陈霞起身将王儒面前一只茶杯里的剩水倒掉，又重新续了一杯。屋内有一种微弱的火，并不温暖。陈霞脚上穿着一双棉鞋，后墙上有一层亮闪闪的霜雪。王儒的身体微微前倾，杯中的热气冲到他的脸上，他的脸开始湿润起来。王儒对陈霞说：

“你的脸色不大好，有点发绿。”他看了一眼陈霞，目光在寻找什么。“我不知道这是怎么回事，我的手也是这样。”

陈霞看见王儒的那只手慢慢地羞羞答答地从幽深的袖筒里显露出来，苍白而干瘦的手背上布满了众多褐色的斑点，使人以为是一只没有洗净的手。陈霞感到王儒的话有些夸大其词，含有一种明显的编撰意味。她一向对这位儒雅而洁身自好的老人充满了敬意，包括他的矢志不渝的品行和他的博学。在黄村乃至其他地方的一些狭窄的深巷里，即使迎面走来的是一个未成年的十四五岁的小姑娘，王儒也会提前停下自己的脚步，伫墙而立，让别人通过。许多人都把王儒看作是一位品学过人的古人。而现在，王儒的断断续续的话语使陈霞感到莫名其妙。陈霞想到了倾覆的学堂和荒废的学生，也许正是这样一些过于明显而迅猛的变化摧毁了王儒正常的生活。她看到他破旧的棉袍后，找来了针线。王儒摆了一下手。陈霞停在他的面前。王儒说："我就是来看看你，总放心不下，你没事就好。我回去了。"

王儒穿过院子，向外面走去。一块蒙着积雪的青石使他的身体摇晃了一下。

陈霞说："老校长，您要多保重。天冷了，晚上多烧点儿火。"

陈霞目送着王儒出了院门。

在街上，王儒穿行在众多依然沉睡的房屋之间，寂静的街景使他感到自己突然变得耳聪目明，仿佛回到了遥不可及的顽童时代。黄村，在漫长的冬季里竟然呈现出一种均匀的绿色，如同从染房里搬出来的一个村庄的模型，她的浅绿的轮廓使人感到狐疑而明显失真。迎面一个人都没有遇到，只有一堆堆的雪遍布在他的视线里，像一个个长满青草的坟包。

转过一道垂直的山墙之后，他突然看到雪地上一行急促的脚印由村外蜿蜒而来，它像一根柔韧有力的绳子，将寂静的黄村与外面悄悄地连接起来，形成了一种不可避免的瓜葛。

四

陈小轩趁着夜色的掩护回到家里的时候，姐姐正在生火。看情形她还尚未吃饭。姐姐坐在凳子上，盯着地上的几根木柴。潮湿的木柴使屋子里充满了浓烟。陈小轩在跨进门槛之时听到烟雾中传来一阵清脆而年轻的咳嗽声，不是母亲的声音。陈小轩从烟雾中跑到门外。他没有看见母亲。院子里到处都是积雪，只有中间扫开了一条窄窄的走道。

陈霞从屋里出来后，看见了站在屋檐下的弟弟，她吃了一惊。数年来的戎马生涯竟然使从前那个愣头愣脑的弟弟变得文静多了，身材也比从前在家里的时候高了不少宽了不少，脸上也见不到那种孩子般的表情了。弟弟的突然归来使陈霞在惊喜之余失手扔掉了一只碗，碗中的高粱撒在他们的脚下，在暮色中滚动。

陈小轩帮助姐姐劈了一堆木柴。之后，又将院子里的积雪铲起来，在院墙下堆成一个高高的雪堆。在雪堆前，他想起了小时候与姐姐一起堆雪人的情景……长着红鼻子的皇帝……一只眼睛的老头……披头散发的疯婆子……对往事的短暂追忆，使陈小轩的声音变得颤抖而激动。他在雪堆前喊姐姐出来，姐姐起初没有听见。后来，姐姐出来喊他吃饭。陈小轩把扫帚和铁锹扔到雪堆前，他看到回旋在屋里的浓烟仿佛要撑破屋顶。

晚饭之后，姐弟俩坐在门口。有很长一段时间，他们相对无言，屋里的浓烟从他们的身体之间穿越过去，在门外飘散而去。烟雾缓慢的速度仿佛是从屋里挤压出来的一种求之不易的东西。院子里干干净净。

从姐姐的言谈之中，陈小轩得知母亲今晚不会回来。母亲去十里以外的刘家坟替一名死者净身。这个消息使陈小轩感到难受，他的头垂在黑暗中，烟雾从他的身上缓缓越过。

“母亲干这种事，让我在军队里怎么做人！”陈小轩忽然对姐姐说。

“她就是靠这个把你我养大成人的，你忘了吗？”陈霞说。

“我现在有钱了。”陈小轩说着，从怀中掏出一个布包，打开后，里面有几十枚银圆。“姐姐，”他把布包放到陈霞的腿上，摇着她的肩膀说。“别让母亲再到处奔跑了，她老了，她的腿每到冬天就疼……她的眼睛……一到晚上就看什么都花，你能保证她不会看走了眼，不会把死者的眉毛当作头发也一起剃掉吗……”烟雾淹没了他的话语，使他又一次咳嗽起来，他仰头望着姐姐。姐姐无动于衷。

“我不是没有阻拦过，她自己非要出去，还跟我大吵大闹。”陈霞说。

陈小轩的头伸到门外，他闻到了冬天夜晚里那种寒冷而腥甜的气味，无形的寒气在院子内外奔走、流泻，匆匆忙忙而又无比周详。积雪的街门和墙头像从前一个梦里的主要风景。归乡的路上，他像一个东倒西歪的醉汉，覆盖在平原上的白雪令人难以置信，在夏秋两季，绵延几十里数百里的平原上长满了金黄色的向日葵，长短不一的车辙密密麻麻。

不知什么时候，姐姐已经睡着了，一只肩膀露在外面。陈小轩替姐姐拉被子的时候，触到了姐姐瘦削的肩膀，他感到一阵心酸。他不知道屋里的烟雾是什么时候完全散尽的，一路上的奔波使他很快在姐姐的身边也昏睡了过去。但不久，腰间的短枪将他硌醒。醒来后，他感到自己的脸上水渍斑驳，潮湿不堪。他在黑暗中睁开眼睛，望着黑乎乎的屋顶，屋里弥漫着一种十分浓烈的灰烬的气息，一种劫后余生的气息。

陈小轩发现自己和衣躺在炕上，他把腰间的短枪抽出来放到脸前，举手可及。之后，他在不知不觉中摸到了那道木制的凸凹不平的炕沿，被时光磨蚀得异常滑溜的木头使他的几个手指颤抖起来。他仿佛摸到了二十年前的一个黄尘弥漫的春天，母亲正在仔细擦拭这道炕沿的时候，村中的几个佃农将奄奄一息的父亲抬回到家里。接下来，他看到了父亲突出的喉结……粉红色的麦粒……缓慢地爬行在一名佃农衣领上的一只虱子……充塞在父亲口中的风沙的颜色他闻所未闻，无比惊愕……

这时，睡梦中的姐姐突然发出一阵嘤嘤咽咽的哭声，哭声使陈小轩很快将面前的枪抓到手里。他欠起身推了姐姐两下，哭声消失了。陈小轩看到姐姐又睡了过去。她蜷曲着身体躺在陈小轩的身边，像是在受刑，又像是一种表现苦难与冤仇的舞姿。姐姐的这种吃力的睡觉姿势使陈小轩感到异常疲惫。

陈小轩替姐姐掖好被子，翻身坐起来，点燃一支烟吸着。在以往的无数次战争的间隙里，他学会了吸烟。他睡过路边的草舍和瓜棚，也睡过大户人家温馨而陌生的绣床。透过低垂的丝质的帐幔，他看到郭营长的睡相恣肆汪洋，毫无章法可言。他看过郭营长睡女人，但他没睡过。眺望院中的景象，晚饭之前隆起来的那堆尖顶的积雪现在看上去变得灰蒙蒙的，距离他的视线又虚又远。

上午。

陈小轩看到了曾小林排长紫色的尸体。

户主是一位三十多岁的妇女，大眼睛，白脸。一年前，昏迷不醒的曾小林排长被一辆马车送进黄村，开始在这里养伤。

一个月后，秘密的消息不胫而走，几乎黄村所有懂事的人都知道有一位排长在陈娟娟的家里养伤。

雪后的街道失去了最初的那种洁净与肃穆，众多杂乱的脚印使村子看上去污浊不堪，露出了黑色的地面。陈小轩到来的时候，陈娟娟正与一位老人在说着什么。连续多年的戎马生涯和卫兵的特殊职责使陈小轩变得胆大心细而机警异常，习惯于观察任何一种事物。

陈小轩注意到陈娟娟的头发上扎着一条白色的带子。

他们停止了说话，一起向陈小轩迎过来。陈娟娟的眼睛有些红肿，她只看了陈小轩一眼，就低下头去，再也不肯抬起头来。她低声对陈小轩说道：

“您来了，人就在里边。”

那位老人朝陈小轩伸出一只手，目光在陈小轩的身上上下打量了片刻，说：

“是小轩吧，长成大人了，从军使人出息，这话看来一点儿不假。”

“你是谁?”陈小轩说。

“不认识我了?”老人的脸上露出笑容，“小时候你经常爬进我的后院里摘我的菊花，花瓣常把你的嘴唇染得又红又紫，现在从军了，恐怕再没时间摘花了吧。”

“是陶伯伯?”陈小轩说。

“我是王儒。”老人说。

“是王先生，”陈小轩红了脸，“我真的没有认出您来，您骂我吧。”

“哪里哪里，你离家的时候才十一二岁，我老了，难怪你认不出来。”

陈小轩对王儒说：“郭营长让我回来料理一下，您还得多帮我。”

王儒说：“发生了这样的事情，令人不安啊。”用手指着站在一旁的陈娟娟说，“你看看，她的眼睛都哭肿了。”

陈小轩看了一眼垂首站立的陈娟娟，对王儒说：“先进去看看吧。”

门口有一只熬药的砂锅和一堆倾倒出来的黑色药渣。

在陈娟娟胆怯的视线里，陈小轩伸手掀起了蒙在曾小林排长身上的一块崭新的白布，曾小林排长紫褐色的遗容使俯身观看的陈小轩感到不寒而栗，他的头皮有一种被人揪紧的感觉。“他中毒无疑。”陈小轩这样想着，重新将掀在一边的白布轻轻蒙上。

“曾排长是怎么死的?”

陈小轩回过头，看着身后的两个人。陈娟娟搬来一只凳子放在陈小轩面前。王儒站在门口，对陈小轩说：

“中毒而死，这谁都能看出来。”

陈小轩说：“如果真是这样，郭营长就令我缉拿凶手。

陈娟娟忽然低声哭泣起来，边哭边说：“一年多来，我每天给他然药、煮饭，我不知道他怎么会突然中毒。”

“有谁来过这里吗?”陈小轩说。

“谁都来，村里的人经常来，原来的秘密早就不再是秘密了。”陈娟娟说。

陈小轩看着陈娟娟，说：“你不是黄村人吧，我以前从来没有见过你。”

王儒说：“你哪能见过她呢！她是几年前嫁过来的，嫁给了朱天明，可惜他命短，没福气。你该叫她嫂子呢。”

王儒的话使陈娟娟羞红了脸，她小声说道：“我可担当不起。”

陈小轩对陈娟娟说：“你娘家在哪里？”

“刘家坟。”

刘家坟……陈小轩的脸上掠过一道阴云。他想到了母亲，此刻她正面对一位陌生的死者，施展着毕生的经验和一整套固定的动作。王儒起身向他告辞的时候，陈小轩竟然毫无察觉，那个不祥的村名使他陷入一种阴暗而腐烂的背景之中，难以自拔，沉默无言。

陈娟娟关上了里间的门，隔断了与曾小林之间的那种距离。现在，她像一朵毫无重量的云彩一样轻轻地流泻在陈小轩的身边。

时光的流逝使陈娟娟渐渐地对那个人的脚步声变得了如指掌。

许久以来，每当她在屋里淘米或者梳头的时候，她就会听到那个人在她的门外来回走动，缓慢地转悠。他的如期而至和他的行走速度证明他心事满腹。每次她开门出来倒水或者抱柴的时候，她都知道注定不会看到他的身影。他仿佛正在狼狈不堪地急匆匆地向远处走去，或者隐藏在附近，以躲避她的目光。在陈娟娟清晰的记忆里，他在门外绕来绕去的时候像一根柔软的丝带或一节随意伸缩的绳子。他在匆匆远去的时候会化为她视线里的一棵树，一棵最寻常的枝叶扶疏的树，使她一生都无法分辨。

聆听村外大道上飞奔的马车成为曾小林生命后期的一种习惯。他常常在臆想中的尘土飞扬或大雪纷飞中悄悄地睡去，过几个时辰以后又会无声无息地醒来。与阳光和风雨的长期隔绝，使曾小林的皮肤变得像女人一样白皙而细腻。每次睁开眼之后，他都会感到他的两只耳朵和一双手异常寒冷，他固执地保留着一种永远在雪景里行走的萧瑟记忆。他喊来陈娟娟为他暖手、暖耳朵，他的嘴里吸溜吸溜的，像是牙疼，又如同寒冷所致。最初，曾小林身上的伤口像一些盛开的和含苞待放的鲜花，那种灿烂绚丽的现象常使一旁的陈娟娟感到极度眩晕，有一次竟然昏倒在曾小林的身边。一个天昏地暗的傍晚，陈娟娟正守候在火前煎煮草药，本家亲戚马连泰推门进来。马连泰将两盒点心放到桌上后，轻轻地踮起两只脚注视了一下昏迷中的曾小林。侄媳妇，曾排长快痊愈了吧。马连泰把声音压得很低，如同一种秘密的耳语。他每天发烧，总退不下来。陈娟娟说着，小心地翻动着砂锅里起伏沉浮的药材。马连泰抽动了一下鼻子，轻轻地折到炕前，伸出一只手。曾小林滚烫身体和冷凉的双手立即使他变得慌乱无比，目光散乱，头重脚轻。他把一只手勉强放到陈娟娟的肩上（颤动的手掌使陈娟娟感到浑身发痒，视线中水汽弥漫的药锅离她越来越远），喃喃地说道，屋子里四处漏风，这怎么能行。灶膛里的木柴砰叭作响，火星四溅，陈娟娟突然放弃了火上沸腾的药锅，双手捂着脸，垂下了头。她听到从自己的身体下面传来一阵隐隐约约的水声。

黑色的药汁从砂锅里倾溢而出，一种焦煳味迅速弥散在眼前。马连泰伸出一只手，又迅速地缩了回去。

第二天，一阵急促的敲门声将陈娟娟从睡梦中惊醒。她穿好衣服打开屋门后，有一个人站在门口，怀里抱着几丈土织的布匹。

陈娟娟看到了不远处的那棵强作镇定的树，它的枝叶尚在轻轻摆动，分明是一种慌不择路的尴尬表情，一种惊悸不安的喘息。陈娟娟接过布匹，嘴角滑过一丝媚人的笑容。

五

小翠带着三少爷在庭院里堆起一男一女两个雪人后，阴暗了许久的天空里露出一线明亮的阳光。此前，街门外一阵马的嘶鸣声使毫无防备的三少爷在惊悸之余忽然尿湿了裤子。小翠在火上替三少爷烘烤裤子的时候，厨师阴沉着一张脸在小翠的身边走来走去，不时地弄出某种不满的声音。此起彼伏的噪声困扰着小翠的耐性，一阵强烈的燥气回荡在她的眼前。

小翠对厨师说：

"你生什么气，这又不是我的裤子，有能耐找东家说去。"

厨师说：

"我没法不生气，我在考虑晚饭，考虑一顿真正的晚饭，炭越来越少了，难道能把你当作柴烧了不成？我真气。"

三少爷自从脱去尿湿的裤子以后，再也不肯换上别的裤子，赤裸的身体使他感到一种极大的兴趣，一种从未有过的秘密与欢乐。此刻，他正不声不响地坐在一个凌乱的角落里，一个人低着头一遍又遍地玩弄着自己。

三少爷明火执仗的行为使小翠感到极其难堪与不安。小翠喊了几声，制止了几次，但神情过于专注的三少爷毫无察觉。他赤脚踩在灰色的砖地上，勾着头，眼角处不时地流溢出一种狂喜而战栗的笑容，他的背影在小翠的视线里摇晃得十分厉害，异常频繁。

火焰时明时暗，毫无生气。小翠不断地改变着烘烤的方向。

无穷的烦恼使团团打转的厨师变得手忙脚乱，失去了以往的章法和信心，如同一个初入厨房的生手，一会儿不慎将菜刀掉到地上，紧接着又弄翻了一只发酵的面盆，碎裂了盐罐。小翠紧闭着嘴，努力抑制着，目光盯着面前的昏昏沉沉的火焰，唯恐那种无遮无拦的笑容在不留神的时候出现在自己的脸上。

裤子终于烤干了。小翠从火边站起身，走过去对三少爷说：

“还玩儿？别玩儿了，小心损阴折寿。我领你堆雪人去。”

三少爷仰起一张神情恍惚的梦游般的脸，目光迷惑而恋恋不舍地望着小翠。小翠不容分说地抬起他的一条腿，趁机将裤子套上。小翠在这个短暂的过程中感到有一种黏稠喑哑的东西像稀释的蜡油一样依附在自己的手上。她把手举到脸前看了片刻，之后，在替三少爷系腰带的时候，将那只手在三少爷的裤子上使劲蹭了几下，手上干净多了。

出门的时候，小翠回头看见厨师俯身在火旁，厨师的神情好奇而迷惑不解。

三少爷兴致勃勃地在男女两个雪人周围走来走去，不住地点头、哈腰，脸上漾溢出一种热情的形容。小翠找来四根隔年的丝瓜，用来充当男女雪人的胳膊与手臂。三少爷转动男雪人的两条手臂，一条指向另一个雪人的脚前，另一条折到身后。

“这就对了。”三少爷笑着说。

小翠说：“这是干什么，想让它们打架吗？赶快拿开。”

三少爷说：“你好好看着，这是打架吗，连抚摸都不懂。我爹就经常这样。”

小翠说："拿开，把它的不规矩的手拿开。这不好看，懂吗？"

街门突然开了。

一个带短枪的人走进来。来人在向正面的屋里走的时候，回头注视了一下雪人前的三少爷和小翠。小翠以前从来没有见过这个人，她现在看见他大步流星地朝东家住的房屋里走去，就知道来者肯定不善。小翠走到一旁，低声对三少爷说道：

"看见没有，别闹了，小心这个人把你带走，那就麻烦了。"

三少爷没有听见小翠的话。他正在把雪人的黑眼珠使劲抠下来，又把握在手里的几颗黄绿色的玻璃球重新安了上去。

"看看，这两个洋人。"三少爷大声对小翠说道。

正屋里这时突然传来了东家马连泰的声音，马连泰哭一阵笑一阵。小翠吓了一跳，脸变得煞白，她不知道里面发生了什么事情。小翠看见厨师端着一只碗走到正屋的窗下，马连泰又哭又叫的声音使厨师愣了一下，随即便掉转头重新向厨房里跑去。厨房的门关上了。

小翠把三少爷拉到南窗下。三少爷站了一会儿，感到索然无味，挣脱了小翠的手，又向雪人前跑去。小翠看见三少爷的身后有几处亮闪闪的金箔似的斑痕。

正房里传出了马连泰的声音：

"我为什么要那样做？小轩兄弟，人做任何一件事，都总得有个理由吧？我那么做，对我有什么好？这事真的与我没有丝毫牵连。我就知道人们都会那么想，脑袋长在他们的脖子上，我不让谁想也不行。是的，我太贪，我得罪了一些人。

"……小轩兄弟，我准备捐出十斗麦子，不，十二斗……

“……郭营长他好吗？他的枪套，上一次忘在我家里了，我一直保存得很好，在我的柜子里，我大部分的柜子，都有锁……我的一个胞兄，是交通银行的……是的，他有办法搞到创伤膏和奶粉，婴儿用的奶粉。

“……后来发生了很多的事情，不过我知道得不多。

“我的猜测就是这样……这很费解……也许这可以证明我所看见的一切都是假的。”

三少爷拆散了一把刷子，给雪人安上了两撇胡须。

“我好像在哪里见过这个人。”他说。

厨房的门开了一条缝，露出厨师的一只紫红色的耳朵。

耀眼的阳光从天上直射下来，两个雪人开始不断陷落，紧缩成一团。三少爷是不久以后才发现这个现象的，他看到雪人的头突然变得越来越小，如两个学龄前的顽童，眼睛和鼻子却都早已不知去向，周围冰渍斑斓。三少爷坐在地上号啕大哭，哭声使厨师露在门缝外的那只紫红色的耳朵立即挨蜇似的缩了回去。厨房的门关上了，一只凳子被撞翻到墙上。

那个带短枪的人从正面的屋里走了出来，一直向门外走去。三少爷的号哭声使他皱了一下眉头。小翠跟在他的后面。

小翠目送着那个人朝街上走去。关好大门之后，她突然感到异常恶心。她捂着嘴，跑到墙下，呕吐起来。

六

穿过街道和水沟，陈小轩看到一些稀稀落落的房屋，附近有一片疏朗而坚硬的矮树林，枝丫呈铅灰色和黑色，几道背风的不太高的山墙发出一种夕阳一样的颜色。

陈小轩停住，站在墙下。

远处，陈娟娟在家门前的两棵榆树之间拉起一根长长的绳子，绳子上搭满了黄白两种颜色的布匹。滚动着湿漉漉的水珠的布匹，像一张张大汗淋漓的陌生面孔。

这时，一个穿红棉袄的女人，从旁边的一条小路上跑到那些潮湿的布匹前，她的一种狂乱的动作使绳子上的那些布匹晃动起来，上下起伏。时隔不久，陈娟娟掀起一角布匹从对面钻了出来，两个女人的身体离得很近，脸几乎挨到了一起。陈娟娟从怀中掏出一个很小的东西递给穿红棉袄的那个女人，穿红棉袄的女人伸手打落到一边。两个女人突然推推搡搡地扭打起来。陈小轩看见陈娟娟头发凌乱，脸色苍白，那个穿红棉袄的女人腰身浑圆而有力，一匹白布从绳上悄然滑落下来，不久即被踩成一片污泥。红棉袄的女人被推倒在地上以后，陈娟娟立即腾出一只手掩住了自己被抓破了的胸脯。陈娟娟对坐在地上的红棉袄女人说了一句话，那个女人闻听后立即从地上站起来，沿着来时的那条小路跑远了。

一句了不起的话。陈小轩这样想道。她们在干什么？像是在争夺一件东西，又像是要澄清某种事实。那是一幅无声的画面，自始至终，陈小轩没有听到任何一种声音，包括她们的呼喊声和扭打声。现在，陈娟娟坐在绳子下面，布匹上自上而下的水珠在她的身边滴答不休。陈娟娟的目光注视着某个地方，陈小轩无法判断出她看到了什么，坚硬的树枝困扰着他的视线。陈娟娟家的屋顶上此时升腾着一缕缕绵绵不断的炊烟，蓝白色的烟雾轻飘飘地向天空里蜿蜒而去，无影无踪。

陈娟娟起身从晾衣绳下钻过去。陈小轩看不见陈娟娟的身影了，但他估计她已走进了屋里。不一会儿，陈娟娟又一次从晾衣绳下面钻过来。陈小轩看到她的脖子上比刚才多了一条围巾，一条紫红色的围巾。陈小轩感到眼前跳了一下。

陈娟娟右转，向房后匆匆走去。

陈小轩离开那道有着夕阳颜色的山墙，打算朝陈娟娟的家门前走去，他想起了停放在那里的曾小林的尸体。陈娟娟匆匆离家而去，使他涌起一种近乎迷信的不祥之感。他左右环顾，举步维艰，村中的一切道路和风物标志在他此时看来都显得异常陌生而难以接近，记忆中的那具紫褐色的尸体使他感到异常沉重。一堆灰色的积雪挡住了他的去路。陈小轩闪开积雪，向旁边绕去。

他忽然停下了脚步。

他看见陈娟娟回来了，肩头上飘拂的紫红色围巾使她看上去风尘仆仆，仿佛一个远道而来的客人。那条路上只有她一个人在走，陈小轩注视着她的围巾和两条腿。眼前的时光无限短暂而又如此漫长，陈小轩的头疼痛起来。陈娟娟目不斜视地走过来，踏上唯一的一道石级，从晾衣绳下钻了过去。

绳上的布匹晃动起来。

一声沉闷的哀鸣传来。陈小轩看到了不远处的一处凄凉的建筑：一个石头砌成的畜栏，里面只有几头牛。

在马连泰家里的那次谈话，从这一带古老而胆怯的民风，一直谈到不久前治疗的情况以及寒冷的气候。从前年开始，小麦和玉米连续歉收，大风使附近的田野片甲不留。马连泰发誓说，他从来没有见过那种能够置人于死地的鲜艳花卉—— 一种昙花一现的草本植物——，他怀疑那只是一种口头上的传说或想象，谁都没有亲手采摘过。后来，在一天的晚上，王儒激动不安地否定了马连泰的那种说法。王儒谈到了他曾读到过的一册辛亥年间的刊本，植物学家蔡子园在那本书里详细而生动地记录了那种酷似百合花的怪异花卉，它的白色的奶液一样的稀汁能使人的身体变成紫褐色。后来，有人把这种提取的汁液带到一次酒宴上。之后的一系列事实使一向默默无闻的植物学家蔡子园名声大噪。曾小林紫褐色的遗容使饱读诗书的王儒轻而易举地想起了那种几近绝迹的怪异花卉。唯一困扰着他的就是眼下的季节，现在是冬天，漫山遍野的大雪，万物萧瑟，那种脆弱的易挥发的陌生汁液是从哪里弄出来的。

“矛盾就在这里。”王儒说。

在某一个细节上，王儒与马连泰的看法表现出一种惊人的一致性：即他们所谈到的那种剧毒的花卉，其花瓣是肉红色的。

在黄白两种颜色的布匹后面，这时传来了陈娟娟劈柴的声音。

陈小轩注视着自己口中呼出来的团团白气，他想起自己一整天水米未进。姐姐有时候出去大半天，更多的时候她坐在家里的窗下不厌其烦地穿针引线。姐姐沉默不语的神情使他感到他们之间的关系变得有些神秘莫测。神秘代替了亲热。他转身向家里的方向走。

一阵窸窸窣窣的声音从身后传来。

一个斜眼的男人从一道倾斜的山墙后面走出来。陈小轩回过头。斜眼男人走近前，低声对陈小轩说道：

“我是来告密的……”

七

雪后几天来，阳光时明时暗，一度死寂无声的大道上渐渐出现了乌黑的人迹和车辙。

马的蹄印如碗。山羊小心翼翼的蹄印如一朵朵黑色的梅花。

上路的时候，陈王氏不小心摔了一下。她被雪地上闪烁不定的阳光刺得睁不开眼睛，像一位双目失明的老人那样吃力地判断着回家的方向，背上的一升麦子隔着口袋与她的衣服不断摩擦，发出阵阵不易察觉的沙沙声。回头望去，几个穿白色孝服的男女披着长长的丝丝缕缕的青麻，在刘家坟的村口像幽灵一样走来走去。没有哭声。陈王氏闻到了顺风飘过来的呛人的焚烧谷糠的气息。

陈王氏辨认着沿途的水沟和树木，石堰与木篱，深藏在怀中的几元钱使她在行走的时候变得躲躲闪闪，惶惑不安。她在沉寂的雪景里感到四处都布满了那种凶险的看不见的杀机，沿途到处都是诡秘的眼睛和隐蔽的拳脚，以及各种冰冷而寒光闪闪的图谋工具。

一辆废弃的马车倾翻在路边。支离破碎的车身，冻僵的马尸和不见踪影的车夫。陈王氏扫了一眼，立即将目光移向别处。脚下打滑的时候，她急忙用手捂住了装钱的口袋。身后的村庄距离她越来越远了。

现在，天色突然阴暗下来。陈王氏喜欢这种光线，这使她的目光不再受阻，能够欲穷千里。远远地她望见有一张薄薄的东西在她的视线里扇来扇去。陈王氏迅速走过去，捡起来。是一本书，一本无头无尾的书，每一页上都画着一些各种形状的花卉。书中有字，但不多。稀稀落落的几行字，像脸上的雀斑那样。书中大部分的花卉她从未见过，她只认出了其中的菊花和牡丹、玫瑰和夹竹桃，另外几种无法肯定。从早晨到午后，陈王氏一直在路上。她感到全身最冷的地方是她的两只眼睛。上路后反复地辨认回家的方向，使她的目光略感潮湿、疲倦而肿痛。现在，书中如云的花卉又一次在她的视线里透出阵阵彻骨的寒意。陈王氏合上书，塞进衣服里。远处，寒风卷着地上的浮雪正向一片树林子里迅速弥漫，雪白的风尘在树丛中团团打转，忽隐忽现。她望见丛林的上空有一抹来历不明的红晕，其形状是倾斜的，这使她很快想起耸立在夕阳下的某种年代久远的建筑物——一座风雨剥蚀的戏台或一处乡间的谷仓。

午后。

陈王氏望见了黄村圆形的轮廓。

一堆灰色的云彩积累在黄村的上空。远远望去，村中长短不齐的街道似在无穷尽地重复增加，处于村中心的街道与边缘处的街道完全一样，众多的枝叶扶疏的紫槐又使所有的街道失去了比较的意义。到处都可看到那些通往外界的出口，同时又是另一个入口。歪歪斜斜的房屋，随意敞开或紧闭着的门窗。在这条街上能望见的事物，在另一条街上则只能看到一种比较含糊的影子。有时候，一个逃避父母惩罚的孩子会义无反顾地像鱼一样在村中四处奔跑，发怒的父亲顺原路紧紧地尾随其后，但他始终难以接近那个奔跑着的孩子。只要在不停地奔跑，就永远无法真正触及他。

村中的破绽或漏洞比比皆是，星罗棋布。

陈王氏跌跌撞撞地在冰凉的雪景里走着，黄村圆形的边缘离她越来越近。

有人正在那些完全雷同的街道上狂奔。

破落的村口已近在咫尺。陈王氏放慢了脚步，拭去了眼角的一滴泪水。现在她已不再感到两只眼睛发冷了，全身上下都热烘烘的。她已看到那些紫槐的铜枝铁干和一堆又一堆的灰色的积雪。

从谷仓附近传来一阵呜呜咽咽的胡琴声，陈王氏脸上浮起一线笑容。

一个迎面跑来的人突然将她撞翻在雪地上，她的嘴里被什么东西填满了。

王儒放下手里的茶杯和一卷线装的《太平遗事》，起身掀起帘子，对站在门外的陈小轩说："快进来，这样的天气，你其实不该来看我。我正想去看你。"

陈小轩走进房中，身上略感温暖。

"瘦了，才几天工夫，你就瘦多了。"王儒看着陈小轩说道，一只手伸进一只青色的罐子里往外掏茶叶。接着，边冲水边对陈小轩说："我知道你近来一无所获，这种事情需要有耐心，极大的耐心和良好的耐心，得慢慢来，才能逐步理清头绪，万万不可粗枝大叶，操之过急。"

陈小轩端着王儒递过来的茶杯，他感到阵阵暖意正通过手掌向身体的各处缓缓流动。他望着王儒摊开在桌上的那本书，书的一端压着一根黄中泛白的铜尺。他在很小的时候就见识过那根铜尺，每当王儒在学堂里将它高高地举起来甚至举过头顶之时，它的那种耀眼夺目的光芒便会在极短的时间之内迅疾地滑过学堂里每一个学生的脸庞。书声琅琅的黄村学堂，正襟危坐的启蒙时代……陈小轩感到自己的记忆越陷越深，纷纷扬扬的往事堆积起来，几乎掩埋了他现在的一切。

“怎么？还在想那种有毒的花卉？”王儒坐在陈小轩的对面，微笑着问道。

陈小轩将视线从那根铜尺上移开。他听见王儒在说话，但没有听清他说什么。对往事的回忆，常常使他在不知不觉中忽略掉眼前的一些东西。他转过脸看着王儒，想重新听清他的话。他感到自己现在很想听到一些话，纵使是一些离题万里的闲言碎语。

王儒说：“那天，我只是一时兴起，随便说说而已。其实，世上真的有没有那种花，我也不敢肯定。谁都说不准。”

“我连个缺口都找不到。”陈小轩说。

“生活中不可能没有缺口。就拿黄村的地理和建筑来说，不也到处是破绽和漏洞吗，更何况这是一件与人有关的事情。”王儒说。

“我什么都没有发现，”陈小轩说，“就算我现在是一条疯狗，我想咬人，可至少得有那么一个人让我去咬，至少得有那样一个可以下口的地方，可眼下一切都没有。”

“你放心，它迟早会露出某些蛛丝马迹来，有时甚至会不攻自破。你从戎多年，你听说过有一种叫作不战而胜的战略方式吗?”王儒说。

“没有。”陈小轩说。

“一个人站在街上，旁边就会出现他的影子，一只狗匆匆跑过，沿途会不可避免地留下它的气味。一件事情当然不会立即销声匿迹，它的枝丫，它的触角，它的所有那些附属物会使它现出真相，一败涂地。”王儒说着，做了一个莫名其妙的动作，“谁说‘树倒猢狲散’，能够使树倒下的，正是那些猢狲。”

“眼下，你看谁有可能是猢狲?”

陈小轩在王儒端起茶杯的时候，想起了一个实质性的问题。王儒的言辞和神态使他想起了一个人，他们的上司，一位参谋长。有一次他跟随郭营长去找参谋长汇报情况，那位瘦削的参谋长坐在那里不断地吸烟，几乎没有说话，只是反反复复地注视着茶杯上的一幅仕女图。离开那里之后，郭营长对他说，知道什么叫参谋长吗？它的含义就是老谋深算……王儒呷了一口水，放下杯子。水有点儿温暾，他皱了一下眉头。之后，他合上那本书，伸手取过压书的铜尺，对陈小轩说道：

“送给你，别嫌弃。”

陈小轩摆着手，急忙说道：“不，这不行，这是你的心爱之物，我怎么能要。”

“你很喜欢它，尽量不要磕碰它。”王儒微微笑着，有如千里托孤。

“它让我想起从前的一些事情。”陈小轩接过来。它冰凉的程度使他吃惊。

“不知近来外面的战事如何?”王儒问道。

“每天都在打仗，每天都有人死去。到处都一样。”陈小轩说。

“从前，骑马而来的匈奴常常将中原地区的一些花园统统夷为平地，因为他们那里没有花园。此后，他们又会摧毁一些书籍，因为那些书籍使他们感到难以理解……我的一位堂弟，他花了十年的时间写了一部难懂的书，一些人常常菲薄他，另一些人则闭口不谈。他们都看不懂它，他的书使他们感到恼怒而无奈……你见过那种失去平衡的人吗?”王儒说。

“见过，”陈小轩说，“有一次我们的一位连长被一颗子弹打穿了裤裆，此后，他变得令人难以忍受，他似乎对每个人都想狠狠地咬一口，包括他的太太。从前他可真是个好人。他经常与其他的一些伤号在一起聊天，似乎很融洽，但他从心里仍然蔑视他们。有一次我们用十几分钟的时间占领了一座宅院，战斗结束后，我跟随郭营长到处清点财物。走进一间卧室之后，我们都惊呆了，那位连长正蹲在那张华丽而精美的绣床上大便，他口中的痰不断地向那些粉红色的丝质帷幔和光亮的家具上吐去。此前，他已撕碎了床前的两件睡衣……他好像疯了，但看上去又异常镇定，他的行为使那间卧室变得一片狼藉，污秽不堪……”

“这些问题，初看起来是不通顺的。”王儒低沉地说道。

“昨天晚上，”陈小轩几乎是十分艰难地对王儒说道，“有一个人，他对我说，杀害曾排长的凶手就是……您……王儒先生。”

王儒的两只眼睛瞪得很大，他耐心地听完了陈小轩的话，沉默了一下后发出一阵笑声。他说：“假如那样做能使我延年益寿，再多一次生命，我一定会那样做。我来这个世界上只有一件事，我要寻找一本书，也许不是书，只是那本书的一份目录，但我一直没有找到。我需要时间，我常感到黑夜来得太早，而天亮得又太迟，我在焦急中度过了一年又一年。”

“从一开始我就知道，那是在胡说，我没有在意。”陈小轩说。

围绕这个事件的一切都毫无新鲜之处，特殊的只是陈小轩的某些想法。现在，他决定越过一些东西，去提前等待。陈小轩此时才意识到自己目前从事的是一项极为复杂的工作，而且从一开始就显得无比渺茫，他把自己的大部分精力和夜晚的时间用来重复一种固定的画面，一种涂满臆想色彩的画面。令人振奋的纰漏不断出现，与事件相关的一些细节越来越多，像无数拥挤的小虫子一样。他细心地观察每一天的动静，想象那种含糊不清的因果关系。他摒弃了一些纯属陈年旧事一类的毫无价值的特征，把一些形迹可疑的人不断地从那个臆想的画面中清理出去，过不了多久，又会逐渐地将他们重新召唤回来，每个人在那个画面中都有自己相应的位置和几个必要的功作。他常常在走到街上不久后，又急急忙忙地返回家里。他的这种神色匆匆的行动方式，给黄村大多数的人造成一种大兵压境的恐怖印象和不安心理。至少有一百个人的姓名先后悄无声息地出现在他的一个天蓝色的小册子上，有些姓名纯属一个单调的词语，姓名背后的相貌和品行他一无所知。他在一些认为值得排敲的名字下面画上了粗糙的黑线和不规则的圆圈。

他的字迹有如垂死的蜘蛛。

有一天傍晚，在一次短暂而疲倦的睡眠之后，他的眼前竟然浮现出一次血腥的进军。

陈小轩不止一次地想到，在这个貌似平静的村庄里，他最终会看到那种令人不安的重复后的痕迹。到那种时候，画面上的人物将会大幅度地锐减，如同瘟疫过后的村落，剩下的人寥寥无几，奄奄一息……

“起初是一件严肃而阴沉的事情，到最后会变成一件饶有兴趣的事情，这是一种最常见的结局，也是最坏的结局。”王儒说道。

这是什么意思？陈小轩琢磨着王儒的话，难道这会是一个玩笑？

八

马连泰伸了一下腿，但没有伸直，仿佛有一只手正在紧紧地摁着他，他无奈地将腿重新蜷曲到胸前，他的脸上大汗淋漓。

整个下午马连泰都在故梦。他梦见了村外荒凉的大道和沉寂无声的雪景。此后，他又梦见了马车覆灭的全部过程。

漆黑火炭挡住了马的去路，暗红色的小麦（？）在四周飘舞。

木制的车轮无节制地向前滚了一阵后，立即消失不见了，那种情形如同一段失灵的咒语。一个人的脸上现在覆盖着枯黄的干草，躺在那里，一条腿不停地上下抽搐，污秽的雪依次向两边闪去。那时候已经很晚了，两个戴皮帽子的人一路走着，互相交换着各自的几件东西，东西很小，握在手里后几乎看不见头尾，这种不易察觉的体积，仿佛是几个小小的秘密。他们把它握在手里，目光望着远处。沿途有一种梦一样的气氛。

“起来，到家了。”

时间使许多东西有了距离。天黑得很快，但亮得更快。马连泰睁开眼睛的时候，腹部突然变得很硬，像一个处于眩晕状态中的女人。有一股冰凉的水贴着脸颊流进他的衣服里去了，初升（？）的太阳融化掉了他脸上的积雪。雪后的大道上传来了低低的交谈声，谈话的内容涉及一座无人看守的宅邸，一个贞洁如玉的女人，两个互访而失之交臂的白发老人。在一个车水马龙的地区之内，出现了一部难懂而惶惑不安的书，灰色的书皮令人想起民间的瓦楞和雨前的天空，甚至一只垂死的鸽子。

“天越来越短了。”

“这点亮光对我足够了。”

马连泰竖起一双警觉而红肿的耳朵，注意倾听沿途传来的消息时，有人从后面抱住了他。马连泰垂下眼睛，看见了那只布满斑点的手。一种裸露而燥热的声音在他的耳边响起。马连泰想松开那只手，但没有成功，手上的密集的斑点在他的视线中蠕动如蚁。马连泰的脸变得通红，他的耳边再现了那种声音：

“你轻得像一个纸人，像一个初生的婴儿，一点儿重量都没有。”

“你在乡间已多年，你见过那些日夜游荡在大街小巷中的鬼吗？你一把年纪，却毫无重量可言，你更像一个鬼。”

“你是否愿意做一次实验：把预想中的、情理之中的那些事情滴水不漏地重复一遍，其过程和结局同样令人惊讶。”

远远望去，树木和行人腐烂在冰凉的雪景里，风中飘来粮食和睡眠的气味。

“你是乡间的鬼魅，所有的鬼魅远离狭窄而猥琐龌龊的城市，是因为乡下是一个广阔的天地，在那里可以大有作为。而所有的城市都有一种共同的气味——腥。有一个人张开他（她）的嘴向你呼吸或说话，你闻到的正是那种气息，你感觉如同进入了城市。”

汗水湿透了马连泰的衣服。一批批的夏季作物在他模糊的视线里纷纷倒下，遍地的青茬使他黯然伤神。接下去的那些时光里，青翠的禾苗开始逐日腐烂。他行走在从前熟悉的风光和空气里，感到自己的身体正在不断发酵。一个夏天的傍晚，一个愁云满面的女人蹲在他的空荡荡的视线之内，过于充足的奶水使她的乳房肿胀难忍。目睹她艰难的挤奶动作，他的四肢突然疼痛起来。

推开一扇门，里面有一个人在熟睡着。

他想看到一种微笑，但没有。灼热的呼吸远远地超越了他的头顶。墙上有弯曲如弓的镰刀和金色的兽皮，雨衣，镜子，以及一条长长的白色绫绢和一种四分五裂的现象。月亮形的镜子，他在其中看到了一张潮湿不堪的脸。

他张开目光和手臂，但所有的东西都稍纵即逝，难以捕捉。

晚些时候，一名接生婆跑进马连泰的房中，高声喊道：

“马老爷，小翠生了，在厨房里的案板上，是个丫头。”

马连泰的身体被人扶起来，他的一双手上沾满了鲜血。

接生婆看了一眼，立即昏了过去。

九

墙的那一边，原来一直有一只猫。它在行走的时候，会在地上投下一道长长的影子，它的腿有老虎腿那么粗，全身黑白的花纹。陈霞从前有一天从学堂里回来，猛然看见它时，她几乎不会走路了，身体靠在墙上，目光散乱而四分五裂。她以为是一只豹子。

后来，陈霞慢慢地习惯了它。它的那双蓝绿两种颜色的眼睛搭配得极为协调。可以肯定的是，它不是一头豹子，豹子的眼睛是灰色的或灰白色的，胡须坚硬而不乏韧性。

在别人的叙述里，它一年怀胎两次，每一次都将自己生下的幼崽一个不剩地全部吃光。但陈霞从未见过它张牙舞爪的样子，更多的时候，它总是不声不响地在墙的一边踱来踱去，像一位安详的老人。走累了就开始睡觉。

在八月遍地星光的那些短暂的日子里，周围的人能听到它的那种津津有味的茹毛饮血的声音。但也有人认为它是在洗澡。

午后。陈霞坐在窗前为弟弟织一副手套。她在绕毛线的时候，弟弟的那双大手就孤零零地再现在她的眼前。昨天晚上，她将偷偷织好的一双羊毛袜子送给弟弟的时候，他什么也没说，接过来后就随手放到了一边。弟弟询问她母亲为什么还没有回来，她说到处是雪，人家不会放心让她一个老太太独自上路的。晚饭之前，弟弟忽然穿上了那双羊毛袜子，在地上走了几次，尺寸的大小恰如其分，这使她在欣慰之余感到有些吃惊。但她没有多想，锅里的水早已沸腾成一片，水气到处弥漫，她开始淘米。弟弟没有吃晚饭就出去了。她在淘米的过程中听到屋门响了一下，抬起头后，屋里只剩下她一个人了。沸腾的水如一朵怒放的花。

不久之后，她听到墙那边传来那只猫的叫声和阵阵沉甸甸的脚步声。那只猫在奔跑。很显然，有一个更厉害的东西在袭击它，搅乱了它的密封的梦境。陈霞站在屋门口，她听到了一种龇牙咧嘴的声音，粉红色的牙床，绝望的眼睛，高大而倾斜的山墙渐渐逼近……陈霞点亮了灯，她的黑色的剪影完好无缺地映在窗户上。

她一个人吃完了饭，把剩下的温在火上。几天来，屋里一直有一股难以驱散的潮气。雪后的几天，几乎每天都有阳光出现，虽然照耀村庄的时间比较短暂。陈霞拆洗了两条棉被，她估计弟弟还要在家里住一段时间。她没有问过，他也从未说起。每天夜里醒来后，她都看见他和衣蜷缩在炕上，他的睡相是一种随时准备出击的姿势，陈霞很熟悉此种姿势。弟弟长大了，他的说话的声音和语调常使她感到极度陌生而难以接受，但他很像他们的父亲……墙那边的声音已平息下来，四周静得出奇。

陈霞缝好一张棉被后，抬起头，外面一片漆黑。被子上散发出一阵阳光和冷风的气息，被面上红色的花朵褪尽了最初的颜色，变得粉白而酥松。一只盲目而来的夜鸟在窗户上冒冒失失地撞了一下后，又掉头飞走了。

黎明之时，陈霞被一种声音惊醒。她看见弟弟坐在窗前，正在看着什么，他的漆黑的背影像一座山。弟弟把灯罩在一个罩子里，光圈变得很小。陈霞想起来的时候，忽然听见弟弟对着灯光说道：

"原来是你。"

陈霞的身体与被子一起抖动了一下。弟弟立即回过头来，朝这边看。灯光使他的右脸颊看上去熠熠生辉。

陈霞打了一声哈欠，对弟弟说："你什么时候回来的，晚饭吃了没有？"

"吃过了。"弟弟说，"我吵醒你了，你听到什么了？"

陈霞说："天快亮了吧？"

"不知道，大概还早，"弟弟对她说，"你再睡会儿吧。"

"我把被子给你拆洗干净了。"陈霞说着，将身边的被子推过去。

"我看见了。"

弟弟说着，又转过脸去，他的身体遮住了灯光，陈霞感到自己坠落在深不可测的黑暗里。弟弟的背影看上去似乎正在专心修理一件什么东西。隔了一阵，他说：

“你再睡会儿吧，我保证不再弄出声音来。”这一次他的脸没有转过来。

上午。街门被轻轻推开后，一位虎背熊腰、红光满面的牙科医生来找陈小轩。牙医经过多方打听后得知他的失散多年的弟弟现在陈小轩所在的部队里当连长。牙医让陈小轩转告其弟弟，方便的时候无论如何回来看看，他们兄弟已有十几年未曾见面了，他们全家都想他。

“我真想他。”牙医说着，眼睛开始湿润起来。接着，掏出一块雪白的手帕。

陈小轩说：“我很快就要回部队去。”他看了一眼抽泣不止的牙科医生，说道，“不说不知道，孔连长的确长得与你很像。”

“怎么，他现在姓孔了？”牙医停止抽泣，吃惊地看着陈小轩。

“我们姓史，历史的史，”牙医说，“史湘云的史。”

“你是不是打听错了，我们队伍里没有姓史的连长。”陈小轩说。

“战争……可怕的……”牙医把手帕捂到一只眼上，哽咽着。“……使我们失去了手足之情，现在，又丢失了祖先的姓氏……”

牙医捂着脸走到窗前，他的虎背熊腰使他的抽泣看上去不太明显。

“有一种可能，孔连长可能是后来才改姓孔的。”陈小轩想了一下说道。

“对头。”

牙医闻听，立即将手帕从脸上拿开，碎步走到陈小轩面前。“是的，就是这样，我敢说实情一定是这样。”

陈小轩望着牙医满面的红光，一举一动之间散发出一种奇怪的令人眩晕的药水气味。这会儿，牙医高声说道：

“古往今来，频繁的饥荒和战乱，使无数的人隐姓埋名，这种事情太多了。”

陈小轩看着他把手帕放回口袋里。

午后，弟弟出去了。陈霞收拾过后，坐到窗下为弟弟织手套。自从学堂坍塌之后，一有空，她就在家里捻毛线。她低着头。

一行水渍穿过院子，消失在门外。

不久，一个孩子冒冒失失地跑进来，眼睛望着陈霞，一只手向两边指着。他跟随父亲从村外回来的时候，在村口的一棵紫槐下发现有一个人在那里躺着。他和父亲走过去摆弄了半天，才知道人已经死了。父亲让他跑来告诉陈霞，死者是她的母亲，死于打算进村之前。

陈霞放下手中的毛线，她突然感到有一种盲目的内疚，她的腹部紧缩而难受，她的脸色开始煞白——提早到来的经血使她猝不及防，至少比正常的时间提前了十天，而她对此毫无防备。她站在窗前，听到一阵泥沙俱下的声音。

……外面没有太阳，但天色很亮，天地之间笼罩着一种近乎透明的颜色，所有的房屋和街道看上去都透明而肿胀，仿佛只要轻轻一碰，其中的脓汁就会不流自泻。

透明的天气使陈霞多少感到有些反常。她从一条街上消失后，接着又出现在另一条相同格局的街上。午后的风渐渐吹干了她的眼泪，这使她能够听清离家前她亲手放进去的那些纸此时正在身体下面窸窣作响，奔跑使她无法将双腿夹紧，而那些纸随时都有从裤筒里滑落出来的可能。她想起了有一次在学堂遗址边看到过的某种三角形的血迹，想起了一扇窗户上的众多的菱形格子。她的数学教科书束之高阁，在它的下面，她与母亲正在争吵。争吵使她们忘记了吃饭，忽略了入睡的时间。

陈霞出现在谷仓的一侧时，停下了脚步。谷仓的圆顶上此时落满了麻雀，褐色的麻雀，万头攒动，瑟瑟发抖。

陈霞使劲夹了一下两腿，感到那些纸已经不见了。但她不相信它们会遗落在她一路而来的沿途上。一些血斑凝结在她的鞋面上，她没有看见。陈霞想起了弟弟。

她感到该通知弟弟，之后他们共同将母亲从村口的紫槐下抬回家里。街上的人不多，若无其事地来来往往，这使她明白没有多少人知道不久前发生了什么。

陈霞拦住迎面走来的一个人，打听弟弟的下落。那个人嘴里正嚼着什么，含糊不清地摇摇头走开了。

之后，她看见五六个人围在一道墙下，每个人都探头探脑。陈霞走过去，人群中有两个老头正在下棋，但棋盘上却至少有七八只不同颜色的手。其中的一个老头已经睡着了，有一只表现异常坚决的手正在替他飞象，拱卒。

陈霞从一些房屋逐渐稀少的街道上走过，沿街两边的景色她随看随忘。

这时，她忽然看见了陈娟娟。陈娟娟围着围巾，只露出半张脸。多日不见，她的门前养了一条狗，用一条链子系着。狂吠不止的狗使陈霞停下了脚步，她的心怦怦直跳。她站在那里看了一会儿，陈娟娟没有发现她，在门前出来进去，一副忙忙碌碌的样子。很难说她在干什么，她像是在舞台上走过场的闲散之人。陈霞这样想道。有一天很晚了，她看见弟弟从陈娟娟的家里出来，陈娟娟站在后面，那时她的头上没有围巾，她的一缕头发被吹到脸前……陈霞向后退了一下，她不知道那只狗发现了什么，一直狂吠不止，身上的链子忽松忽紧，发出阵阵哗啦哗啦的响声。

陈霞朝陈娟娟喊了一声，陈娟娟没有听清。狗的叫声响亮而紧迫，仿佛大祸临头。陈娟娟闪身走进屋里的时候，陈霞的两条腿开始不由自主地颤抖起来，她感到下半身已不成样子了，一些艰难而绝望的画面在她眼前重叠起来，她双手捂着肚子，地上是稀松而灰白的雪泥。现在想起来，那一声喊连她自己都没有听见，也许她的声音过于沙哑，过于遥远。

陈娟娟从屋里出来的时候，随手扔了一块东西。狗扑了过去，狗叫声消失了。陈娟娟听到了另外一种声音。

“谁？谁在那里？”陈娟娟说道。

“……我，”陈霞说着，摇摇晃晃地从地上站起来，脸上挤出一丝笑容。“我出来找小轩，我的弟弟，不知他来过没有？”

“没来过。”

陈娟娟说着，走下来。她看见了陈霞苍白的面容和颤抖的身体。接着，又看见了陈霞鞋面上凝结着的那些血斑。这个细心的女人，扶着陈霞回到自己的屋里，找出两件内衣和一卷草纸。陈霞站在桌前，脸色绯红：

“不行，这太脏了。”

陈娟娟关上房门，走到外面，把陈霞留在屋里。那只狗跑过来，绕着陈娟娟的腿转来转去，她感到一阵温热。狗的皮毛光亮柔软，陈娟娟伸手抚摸着，眼睛望着下面的铁褐色的矮树林，一只白色的山羊轻轻地从其中跑过，穿破了那些互相攀缘的网状的枝丫。

屋门开了，陈霞神色安详地站在门口。陈娟娟走进去。不一会儿，俩人又走出来。陈霞抢在陈娟娟之前出了屋门。在屋里的时候，她看到了曾小林的尸体，上面蒙着一块白布。

“家里放一个死人，你晚上不怕吗?”陈霞问陈娟娟。

“习惯了。”陈娟娟说，“不知还要在这里放多久。”

“幸亏现在是冬天，又刚下过雪，换别的季节，早腐烂了。”陈霞说。

“不知调查得怎么样，你没听你弟弟说起过什么吗?”陈娟娟说。

“没有，他从来不跟我说这些。他在家里总待不长，老在外面跑。”陈霞说。

她们说话的时候，一片黑色的影子从屋后飘过。陈娟娟抬头望了一下，对陈霞说：“又来了，这些天它们总是围着这里转，有时候在房前，有时候在房后。”

陈霞对陈娟娟说：“我回去把你的衣服洗干净，明天就送来。”

陈娟娟说：“看你，总说这样的话。要不你这就脱下来吧。”

她们都笑出了声。陈娟娟的门前收拾得很干净，那只狗系着链子，此刻卧在一盘石磨前，看上去像一名被捕获的囚徒。陈霞注视了一下陈娟娟窗户上的那些菱形的格子，一丝不易察觉的惊讶划过她的脸庞。窗格下面晾晒着一溜干硬而发红的陈皮，一堆干枣。

走出很远之后，陈霞回头望去，她看见那片刚才飘过去的黑色的影子现在又笼罩在陈娟娟的屋顶上。陈娟娟回屋里去了，那只狗仍然在睡觉，门前没有人。

炊烟升起来了，下面是村中长短不齐的街道。天色将晚，早先曾出没在街上的一些人，开始从街上撤退。

到处都能听见关门和开门的声音。

一个穿白裤子的男人，顺着一架梯子爬上屋顶，长久地向北面眺望。

陈霞在村中跑了许久后，忽然在不远处发现了自己的家门。迷路的征兆和整整一个下午的重复运行使她异常泄气，在自己的村庄里迷失了方向，她难以接受这个事实。家门一如既往地敞开着。陈霞感到浑身无力，慢慢地向家门前靠近。她的脑子里很乱。

两个七八岁的孩子突然从墙的那一边一前一后地跑出来，后面的那个孩子边跑边哭。前面的那个孩子继续恐吓：

“鬼来了，不跑就没命了。”

陈霞在墙边停下来。她看到了那只体态肥大的猫僵死在墙下，黑白的花纹像一只豹子，它的腿有老虎腿那么粗，它的肚子里似乎鼓满了气，高高地隆起在陈霞惊讶的视线里。

陈小轩躺在一旁。陈霞俯下身掀动弟弟的尸体时，一根铜尺从他的口袋里滑落出来。

几天后的一个傍晚，一种声音唤醒了沉睡的黄村，村中那些雷同的街道上突然拥挤起来。

王儒放下手中的茶杯和《太平遗事》，打开了街门。

陈娟娟披着衣服从屋里出来，那只狗站在她的身边。

眼前的情形令他们意想不到——

一九九三年六月

黄　花

一

大姨弯下腰捅火的时候，仍然能让人看出她的高大的身材。炉子里的灰被触动后，立即像一截灰白的柱子一样虚虚地摇晃着蹿了上来，有一些落到了她的头发上。那时候，周日高就站在距离她不远的地方，扁扁的鼻子一抽一抽的，露水一样的目光不住地滴到她的身上，先前她埋在炉灰里的几个山药烧熟了，她清晰地闻到了它们的气息。

“吃一个吧。”大姨对周日高说。

“不吃。”周日高说，“我来是有重要的事情。”

“啥事？”

周日高没说话，却唉了一声。

“不能说？”

说着话，她忽然感到周日高站到了她的身后。于是，她说：

“我得去碾坊。”

“又去碾坊？”周日高说道，“每次都是这样，我一来了你就要说去碾坊。”

“不去碾坊吃什么？你管饭？”

“你就不能好好说话？”

“我有多麻烦谁知道。”

“谁也有麻烦呢，哪有没有麻烦的人。”

听见周日高这样说，她突然将他推开，他摇晃了几下，总算没有让自己扑到炉子上。

“唉，你看你，”周日高说，“有劲儿也不能用在这上面啊。”

“把那间小房子的钥匙给我。”大姨说。

“啊呀！我的姑奶奶呀，别的你要什么都行，唯有这个钥匙不行。”周日高有些难过地说道，“这个东西，当年我在会上当着好多人的面发过誓的。我说，‘人在钥匙在。’‘头可断，血可流，钥匙不能断，更不能丢了，更不能给人’。”

“你走吧，我也得去碾坊了。”

大姨说着，几乎是将周日高推到门外，又告诉他说：

“以后少来，人们已经说闲话了。”

关上屋门后，忽然看见周日高的那件一进门就脱下来的短大衣还放在一个柜子的上面，于是，又抱起那件大衣，从门上的小窗户里扔了出去。

周日高在外面说：“唉，实在是做不到，要是能做到，要是有可能，我把我的心拿出来让你看看，我是愿意帮助你的，千真万确。你说，你现在就说，你还有别的什么事，说出来我一定去做。就是不要说钥匙这件事，那样一来，我会犯大错误的。”一边说着，一边弯下腰从地上捡起他的大衣，拍打了几下后，抱在怀里。

从那以后，他再没有听到屋里有任何的动静。

他有些不死心，不相信她那么一个大活人会一点儿动静也没有。于是，又把一只耳朵贴到窗户上，凝神谛听，除了没有听见任何声音，倒觉得耳朵有些痒。

周围一带静极了。他一边用一个小拇指掏着耳朵，一边打量着这个院子，不是头一次来这里了，可这里的一切看上去都是那么生疏。这是为什么呢，他问自己。很快，他就找到了答案，什么也不是，就是因为从来都只注意屋里的人，而没有注意过这院子里的任何一件东西……是的，就是这样，就是这么回事。是不是有点儿太明显太直截了当了？他想。是不是有点儿一根筋？是不是也应该多少注意一下一些与她有关的东西？看来得注意一下。天又是阴天，这些天来好像就没有晴过，天色总是铁灰的，铁青的，让人觉得有些暗无天日。树下堆着今年头一场下来的雪，颜色已变得和上面的天一样了。

他歪着头，在想一些事情。很快就想起了她刚才把他推出来时说过的话，说是下次要是他再胆敢走进这个院子，她就要用洗锅的水泼他。“哼！说是那么说，我看也不一定。”他想道。他很愿意把她刚才的言行看成是一时的气话和感情用事。是的，人在气头上，什么话说不出来，就是再说出比这更难听更厉害的来，那也是正常的，等一过去了，也就再没事了。过些天我再来，到时候看她会怎么样！他对自己说，女人，做了这么多年的武装工作和妇女工作，你老周难道还不了解她们吗？难道还没有摸透她们吗？难道在这些方面还是一个初来乍到的没有一点点实际经验的新手吗？她们往往是这样的，嘴里说的是一，喊的也是一，实际上心里想的却是二，甚至是三或五，所以，你不能把她们的话全当真，也不能纯粹一点儿也不当真。

是的，就是这样，就是这么回事，这就对了。这样一想之后，他顿时有一种云消雾散、豁然开朗的感觉，马上觉得心里和身上比不久以前轻松多了，他对自己能够在这样短的瞬间解开人世间的那么一个难缠的大死疙瘩而感到高兴，同时又有些不敢相信自己的机遇和巧劲儿。

晚些时候，他哼着一种十分离谱的小调，愉快地离去了。走到外面后又转回身，帮她把街门掩好。

有人带着口袋和绳子在街上说话，他急忙跑到一个低矮的门洞里弯着腰站了一会儿。后来，他忽然抬起头，看着对面的似乎正在蠕动的屋脊，低声问自己：我这是在躲什么呢？

大姨是在听到鸡的叫声后才发现天黑了的，它们在窗户外面挤成一团。有的不住地翻着白眼，在周日高不久前曾经站过的那个墙角里咕噜咕噜地叫着，像是胃疼。后来，她就忽然听不见它们的叫声了，不知是谁先带的头，它们都回到了窝里。

她又听了一会儿，确信周日高已经离去，这才出去关街门。在门口，她听到有两个人正在外面的黑暗中说话。

“狗日的队长，看我好用，就让我去给他的孩子叫魂。半夜十二点，去堡里的街上，时间还不能少于半个钟头。”

“你答应了？”

“我已经给他去过了。”

“他的哪个孩子？”

“我也不太清楚，好像是倒数第二，小的那个。”

“啊呀！”

“我拿着那孩子的一件小衣裳，一边走，一边叫着他的名字。”

“那孩子咋啦?”

“谁也不知道咋啦，就是一个劲地傻睡，总是醒不过来。一醒来，就开始说胡话，满嘴胡说八道，也不知说的是哪朝哪代的事。兔子，老太太，萝卜，白灯笼，绿缎子，大头人……天上地下，乱七八糟的，没人能听懂。另外，一看见有人去了，马上就像见了鬼一样，两个眼睛急溜溜的。”

“啊呀!”

“我给他叫完魂，回去把他的那件小衣裳盖到他的身上。我正和队长说话，他醒了。看见他爹——队长本人的时候，摇晃着手和他说再见，脸上红扑扑的，像是热得不行。队长本人也愁得厉害，不知道冲撞了啥。”

“像是吓着了。”

“我也觉得是吓着了。你要是去了，他看见你也一定会像见了鬼一样。唉，他那样一闹，马上让你进也不是，走也不是，觉得自己也立刻变得人不人鬼不鬼的，觉得自己也不干净了，身上有了邪气，鬼气。”

“一开始我还打算去看看，听你这么一说，我不去了。”

二

大姨对小十一说，那么多人家你都不去，怎么正好就找到这里来了?咋就知道我就是你的大姨，咋就知道要进这个门，就不怕认错了?

小十一站在炉子边，手里紧紧地握着那颗糖，他早已忘了那是一个可以剥开外面的纸放进嘴里慢慢地抿着的有着甜甜的味道的东西，而似乎觉得那是一个性命攸关的东西。炉子里的火被大姨捅得欢腾起来，显露出一种红黄的情景，在屋子里一闪一闪的。

大姨对小十一说，你这个小没良心的，在你三岁以前，你可是我们家的常客，一年中，总有半年住在我们家里，撵都撵不走。

这些，他都不记得了。

一开始的时候，还真不知道大姨长得什么样。双马爷爷对他说，去投奔你大姨去吧！你还有个大姨，住在南边，跟着她，你受不了多少罪。双马爷爷孤身一人，和队里的两匹马生活在一起。双马爷爷对小十一说，本来我应该把你要过来，我也想把你要过来，可是我不行了。

小十一说，双马爷爷，你要了我吧，我愿意跟着你。

双马爷爷说，那样一来，人们会骂我，说双马想儿孙想疯了。

小十一说，人们为啥要那么说呢?

双马爷爷说，我活了一辈子，这也是我最不明白的一件事。

最早，他想过去投奔姥姥，可是姥姥也突然病倒了。自从母亲死了以后，姥姥就病了。姥姥现在还需要别人照顾呢，所以，小十一马上就觉得那条路不能去了，去了也白去，谁能顾上管他呢。不过，姥姥住的那个无论任何时候看上去都蓝乌乌的村子，他也实在是去怕了，以前每次去了都不敢出门，夜深了吓得不敢睡觉，总听见有人在外面的墙头上说话，脸灰得像砖头，眉毛和墙头上的荒草一起一落地摇晃。

小舅舅对小十一说，你妈要是还在，我妈就不会病倒。

小十一说，你妈要是没病倒，我就能去投奔她了。

小舅舅说，怎么连这么个道理也翻不清呢？我妈要是没病倒，那就说明你妈还活着，还在，既然你妈还在，还好好的，那你还投奔我妈干什么？

小十一有些糊涂地看着小舅舅。

于是，小十一告诉大姨说，姥姥也病倒了。

炉子里的火把屋里映照得暖融融的。

小十一坐在大姨家的炕上，看见窗户外面的玻璃上渐渐地有了一些东西，一簇一簇的草，一朵一朵的花，还有很多渐渐生出来的树、云彩和雾。他知道，这些东西本来是没有的，完全是冻出来的，等天一暖和，太阳一出来，它们马上就都不见了，也不知都躲到了哪里。天要是一冷，就立即又都纷纷地来了，探头探脑地出现在窗户外面。

大姨说："你妈到底是咋死的？"

小十一说："不知道。"

大姨说："你这个小没良心的，你妈算是白疼你了。"

小十一说："从家里走的时候说是去开会，等再回来的时候，人已经死了。"

大姨说："她是一个人回来的吗？"

小十一说："我不是说了吗，等再回来的时候，已经死了，死了还咋能回来？是几个人把她抬回来的。我看见她的脸上好像有血，又好像有人很忙乱地给她擦过，没擦干净。"

大姨说："人们还都以为她是病死的。"

"我妈没病。"小十一说。

母亲的身体尽管不如大姨那么健壮，但也绝对没病，肯定没有。那么大的两个水桶，里面装满了水，母亲挑起来就走了。小十一跟着走在后面，看着一路上滴滴答答的水，有时候要数一数，但总是数着数着就数不清了。母亲在前面一边走一边问他，小十一呀，什么时候就能帮妈妈挑水了？小十一想也不想，开口就说，明年。等到了明年，竟真的也能够挑水了，只不过用的既不是一路上咣咣作响的铁桶，也不是那种上面绕着好几道铁箍的死沉死沉的木桶，而是两个空罐头瓶子，上面拴着绳子，用一根细细的木棍挑着。母亲挑着满满的两大桶水在前面走，小十一挑着两小桶水紧紧地跟在后面，前面的大桶走得很快的时候，后面的小桶也跟得飞快，前面的大桶要是慢下来的时候，后面的两个小桶就也跟着慢了下来。那情景，像是一个人和她的影子。路上的人看见了，对母亲说，林老师，你的小十一已经能帮你挑水了。那时候，母亲就含着笑说，还早着呢。稍微大一些的学生不是不想帮她挑水，而是怕别人说她，说她剥削压迫他们。有一些晚上，天黑得伸手不见五指，小十一已经和母亲躺下了，听见门外有人低声说，林老师，开开门，我们给你送水来了。打开门，看见两三个，有时候甚至是五六个孩子，湿漉漉地站在外面，天上一颗星星也没有。

坐着坐着，小十一就渐渐地出溜下去了，屋里的暖意使他的眼睛不停地合上。

大姨说："要么不来，来了就睡，不能睡，跟我说会儿话。"

大姨的头发浸在一盆清水里，她的上面只穿着一件薄薄的白背心，这使她显得更加健壮、饱满。

小十一从炕上爬起来，把脸贴在窗户前的玻璃上，贴了一会儿，还是想睡。后来，他取出一根火柴，折成两截，分别将两个眼皮支了起来。顿时，他感到自己的眼前立起了两根柱子，透过那两条黄光，他看见大姨的头发在一个看上去很远的地方飘动了一下。

他说：“大姨。”

看看盆里的水还很清，大姨让他下来洗脸。

大姨扒下他身上的那件小棉袄后，不禁惊呼了一声。大姨说：“这哪是脖子！分明是一截没人要的车轴。”

这以后，大姨就开始使劲地搓他。小十一挣扎了几下，但大姨的那双手太有劲了，它们使劲地摁着他，使他像一只柔弱的小鸡一样怎么也扑棱不起来。

大姨说他黑得像个小要饭的。

不久以后，他听到水盆里响起一阵滴滴答答的声音。很快，又听见大姨在说：

“看这点儿出息，洗个脸还哭？你就不想想你有多脏！”

“大姨。”

“双马从来不给你洗？”

“不洗。”

“一次也没洗过？”

“有时候实在黑得不行了，黑得连他也看不过去了，就洗一洗。不过，双马爷爷说，冬天的时候最好少洗，能不洗就不洗，因为要是洗干净了，出去会容易觉得冷。”

“这个死老汉，咋能这么教育一个孩子呢？原以为把你交给他，会让人放心的。”

双马爷爷后来看看也觉得不行，就说，不行，我弄不了你啦，你去找你大姨去吧。你不能成天总是跟着我放马，骑马。文化总得学吧，学总得上吧？我还能有几年活头，没几年了。

等我一死，把马交回队里，就啥也没了。

原以为得在路上走好些天才能见到大姨，却没想到自己会像一个简单轻省的包袱一样一路上被倒了好几道手。先是双马爷爷的一个侄儿，一个斜愣眼的男人，要到南边去卖干草，双马爷爷就把小十一交给了他的这个侄儿。斜愣眼装好了高高的一车干草，把小十一扶上去，就让小十一坐在上面，也可以躺在上面，看着天和云彩。怕他路上掉下来，斜愣眼又上去把小十一和干草捆在一起，用绳子拴得紧紧的，只要干草不散，掉不下来，小十一也就没有问题，掉不下来。他们从天不亮的时候开始上路，等天又重新黑下来的时候，住进了一个很大的车马店里。斜愣眼把小十一交给了一个姓罗的老头。

在店里吃了一顿饭，再找斜愣眼时，斜愣眼已经连人带车都不见了。看着姓罗的老头碗里的辣椒像血一样越来越红，越来越浓，小十一既真切又模糊地听见有东西正往自己的碗里滴答。那是他自己的眼泪。

姓罗的老头对小十一说，好好的哭甚哩？我像你这么大的时候，可没有你这么舒服，正在受地主的剥削和压迫，每天干的是牛马活儿，吃的全是猪狗食，睡觉也只能睡一个来钟头。也想多睡一会儿，咋能不想，可是地主不让睡。

为啥不让睡？

我们那个地主，也姓周，只是不叫扒皮，而是叫周仁。叫是那么叫，实际上那也是个很能扒皮的家伙。

后来呢？小十一问道。

后来？后来毛主席就来了，忽然就来了，说来就来了，我们都还没有反应过来，人家就来了，一家伙就把我们都解放了，一下就让我们从此翻了身。姓罗的老头说，从那往后，好事也都接二连三地跟着来了。我们那些人当中的老大还娶了地主周仁老爷的小姨子。一开始的时候，那个女人死活不愿意，嫌我们老大长得丑，又脏里吧唧的，还说这事她从来也没有想过，从来没有考虑过。我们老大就让她从现在开始想，从现在开始考虑。老大还吓唬她说，毛主席教导我们说，你一定要嫁给我，不嫁是不行的，不嫁是不可能的，要想走正道，这是唯一的办法。女人想，真是一件怪事，怎么连这种事还有人惦记着呢？她实在是想不明白，也确实想不明白。有一天，老大从外面带回一本红皮书，对那个女人说，他们的事情就在这上面写着呢，写得清清楚楚，明明白白。女人被吓了一跳，不知道自己的事怎么到了那上面。接下来，老大打开那本让她觉得无比奇怪的书，哗哗地翻了一阵，然后又合上了。老大似乎胸有成竹地对那个女人说，我劝你还是放聪明一点儿，我再给你最后一次机会。要是一会儿等我找见了，再原原本本地念出来，那你可就麻烦了，那你可就麻烦大了，再说啥也迟了。这个过程中，女人一直坐在那里憋着，后来终于再也憋不住了，就对老大说，你也别费事了，我嫁给你就是了。

第二年，她怀上了孩子。孩子在里面动不动就踢她，蹬她，还经常用小手挠她、抓她，让她的心里感到很痒。家里只剩下她一个人的时候，她就拿出那本决定了她一辈子的红皮书翻着看，从头至尾地看。

每次看完以后，她都要一个人呆呆地想上半天。

小十一想，她在想什么呢？

姓罗的老头吸了一阵烟，正打算接着要讲时，就看见小十一已经歪在一只麻袋旁边睡着了。

第二天天亮以后，人喊马叫，很多的马车都要走了。姓罗的老头领着小十一来到一辆已经套好的马车旁边，已经有几口大缸早早地立在上面了。赶车的人，脸黑得像锅底，耳朵和嘴唇却是白的，手里拿着一截皮绳。

姓罗的老头对那个人说，把这个孩子给捎上。

那个人看了小十一一眼，没有说话，很快就钻到马肚子下面挽绳子去了。

姓罗的老头对小十一说，上去吧，坐在缸里面。

上去以后不久，小十一就看见太阳从配电站和农机管理站的那几座房子后面慢慢地露出来了。

三

世界冻得像个铁桶，到了晚上，更成了一个黑灯瞎火的铁桶，无论挨到哪儿，都会感到寒气袭人，冷森森的，要是再碰上个铁东西，那就会把手黏住。被冻了的铁又生又冷，硬邦邦的，看上去十分强硬，但其实是黏的，人的手要是握上去，就会被不容分说地立即黏住，再要想拿下来，十有八九要被扯去一层皮。小十一现在想起来，不少人家的门环上，斧子上，拴狗的铁链子上，还有车帮上，都曾经没少留下过他们的皮和星星点点的血。有一年，小拴子抱住曹世荣家的一根铁管子，把脸贴在上面，等后来想走的时候，才发现他已经离不开那根铁管子了，他的脸被黏住了，已经走不了啦。后来拼命地硬拽下来，他们听见哧啦响了一声，小拴子的脸马上就流出了血。曹世荣在炕上听见动静后，从屋里追出来，说，狗日的，你们这些小讨吃的，看把我的铁管子闹成啥啦？

街上没有人。

大姨的身上暖暖的。小十一的一只手藏在大姨的衣襟下面，像一只小狗一样紧紧地跟着大姨。

远处的那些白日里看上去十分峥嵘的山，此刻被冻得缩成一堆，只剩下一个黑乎乎的轮廓。

大姨要找的那几个人都在夜校里。

他们正在响亮地嗑着葵花子，每个人面前一堆，都嗑得四分五裂，乱七八糟，陈有钱、薛九斤、秦宇，还有入冬时才刚刚取代了民兵连长杨聚财的黄大锁。黄大锁坐在夜校里最破烂的一扇窗户下面，外面的冷风从那些窟窿里吹进来，他的脖子不时地往回缩一下。陈有钱对他说，真是个死心眼儿，你就不会换个地方坐吗，非得坐在那里？黄大锁说，不要紧，我不怕冷。陈有钱说，既然不怕冷，那你还总是一缩一缩的干什么？黄大锁有些委屈而又无奈地说，它吹到我脖子里来了，我总不能一点儿反应也没有吧。

陈有钱用力一拍面前的桌子，说："好，很好！不愧是民兵连长，终于也学会跟我顶嘴了。"

又问秦宇和薛九斤："我是不是老了？"

秦宇说："你不老。"

"不仅不老，在我的眼里，你甚至还是个孩子。"薛九斤笑嘻嘻地说着，他的舌头慢慢地将一粒瓜子壳从嘴里面顶了出来，白白地显露在唇边，搁置在那里，然后又漫不经心地瞄准了正前方的黑板，"啪！"的一声，那枚白白的瓜子壳便从他的唇边飞出去，牢牢地黏在了对面的黑板上。那情景，让刚从外面跟着大姨进来不久的小十一看得目瞪口呆，使他立即就对那个满脸胡子的人佩服得要命。小十一想，功夫真深啊！真是不得了呀！像是传说中的那些真正的高手，从来不需要随身携带任何武器，而总是能够就地取材，随意地拾起地上的一片树叶，眼睛也不看地甩出去，那树叶就会像离弦的飞箭一样将几丈以外的敌人一下杀死，而那些看上去气势汹汹咄咄逼人总是随身携带着武器的人才是一些装模作样的真正的笨蛋。

黄大锁看看陈有钱，他的嘴张了一下，很快又合上了。

大姨领着小十一来到陈有钱面前，听见陈有钱的嘴里有咯嘣咯嘣的很响亮的声音传来。大姨对陈有钱说，她想让这个孩子在这里上学。

陈有钱眼睛瞪得很圆，有些惊奇地问道：

“这是谁的孩子？”

“我妹妹的。”大姨说。

“你妹妹的……你妹妹的……”陈有钱盯着站在他面前的小十一看了一会儿，然后又看看窗户，然后又抬起脸仰望着房梁，看得出他是在思索，也好像是在回忆，又像是在努力捕捉什么。后来，他忽然说道：

“这孩子是姓谬吧？谬论的谬？”

“姓缪。”大姨说。

“啊，这就对了。”陈有钱说着，像是了却了一桩心愿，卸去了一层重负，浑身立即变得异常轻松起来。“广才家的，”很快，他又对大姨说道，“你是个明白人，和别的那些糊涂老婆不一样。有些事情我不说，你也应该清楚，你的那个姓谬的妹夫是个啥人，我们又不是不知道，我们知道得一清二楚。”

听见他这样说，大姨的脸立即变得通红。

“关于你的那个姓谬的妹夫，我们就先不说他了，他的事县里自有公断。”陈有钱说，“我想说说你们家广才，他还没有音讯吗？一点儿都没有？”

“没有，真的没有。”大姨说。

“哼，我就不信他没有托人给你捎过话，打死我也不信。”陈有钱说，“你当然会说没有，你是谁？我们也从不指望能从你的嘴里得到什么。早就有人对我说过，要想把你放倒，应该是一件比较困难的事情。不过，有一点你放心，我们一定要找见他，也一定能够找见他。

“我们已布下了天罗地网，”民兵连长黄大锁说，“张广才一定会在人民群众的汪洋大海中落网的，我们终将把他捕获。”说完，他看了一眼陈有钱，发现陈有钱也正在用赞许的眼神看着他，这不禁让他高兴了好一阵。

“我还一直见不上他呢。”大姨说，“你们要是能抓住他，我也捎带着能见他一面。”

“广才家的，别在这里跟我们打擂，少跟我们来这一套。”陈有钱有些生气地说道，“作为他的女人，你现在还敢说广才没有问题吗？还敢说他是清白的？”

“他要是没有问题，他跑什么？”黄大锁说，“他应该和我们一样，坐在这里说话、学习、吃瓜子。”

陈有钱说：“远的咱们先不说。那个往口外倒腾链霉素的家伙是怎么和县医院搭上的关系？管部长告诉我说，一箱子一箱子地往外弄。在下河湾农场放火的那个人当初是谁介绍到农场去的？还有那个跑到蒙古去的右玉人，你敢说他临跑出去以前没在你们家里住过？没有吃过你做的饭？”

“我没给他做过饭。”

“敢说没有？炒鸡蛋、烙油饼，不是你做的？有人早就看见了，群众的眼睛是雪里的。”

“听说那个家伙又从蒙古到了苏联。”薛九斤说。

“不管是哪里，蒙古也好，苏联也好，总之是跑出去了，一头扎进了敌人的怀抱里。”陈有钱说，“人是从我们这里跑出去的，广才在这中间应该负什么样的责任，我想我不用多说，这事傻子也清楚。”

一个戴棉帽子的人忽然从外面跑进来，踩的满地的瓜子皮发出一片响亮的嘈杂声。来人一直跑到陈有钱的面前后，又突然急刹车一样急忙把自己刹住，身体狠狠地摇晃了几下，两个帽耳还在上下扇动。小十一看着那人，差一点儿笑出声来。小十一想，他要是再不把自己紧急刹住，那就毫无疑问地百发百中地扑到坐着的那个人身上去了。

进来的人勉强稳住自己后，向陈有钱报告说：

“那个家伙说他肚子疼，正在地上打滚。”

“是不是装出来的?”陈有钱说。

“去旁边的福龙家借个碗，”薛九斤对进来的人说，“给他喝点儿热水。”

“本来我和他说得好好的，”进来的人解释道，“可谁知道他说着说着就啪的一下躺倒了。”

陈有钱说：“他有没有交代出新的问题来?”

“唉，没有，还是和我们一开始刚闹住他的那时候说的一样。”进来的人说，“我一直都在问他，想办法用话套他，甚至和他拉家常。不问不知道，一问吓一跳，他和咱们这里于世龙的女人竟是一个村的，好像还拐弯抹角地沾着点儿亲呢。他只是说，快过年了，家里一分钱也没有，要甚没甚，女人孩子都在家里等着，所以他就带了一些瓜子和粉面出来卖。那向日葵呢，是长在他自己院子里的，并不是用专门的地种出来的，也不是队里的。”

来人说着，瞟了一眼他们每个人面前的那堆葵花籽，它就是从那个人的口袋里倒出来的。当初逮住他，往出倒的时候，那个人在一旁眼看着他的那些瓜子，他们一家人的希望，像水一样哗哗地从口袋里往出流，当时就往后一仰，昏过去了。一群人又掐又喊，才又慢慢醒过来，脸上的煤黑被泪水冲得一道一道的。

陈有钱忽然说："那淀粉也是从他自己的院子里长出来的吗？"

陈有钱的话把进来的人吓了一跳，使他如同刚刚从一场梦中醒来一样，愣愣地站在那里。

"啊！这个我倒没问，他也没有细说，但肯定不是。"进来的人有些恍然大悟地说道，"是呀，谁会在自己的院子里种山药呢，那能收几个？啊呀！这倒是个新问题，我也让他把我气迷糊了，差一点儿让他蒙混过去。一会儿回去我还得重新好好审问审问他。"

"记住，不要让他睡觉，不要给他以喘息的机会，宜将剩勇追穷寇，不可沽名学霸王。"陈有钱对进来的人吩咐说。"要乘胜追击，熬他，熬鹰一样地熬他，使劲儿地熬那个狗日的。把咱们的人分成几班，轮流地问他，和他作战，和他比赛，看谁最先垮了。他狗日的也是个人吧，是人就有顶不住的时候。他就是个铁疙瘩，我们也得把他化了。"

"他就是个保险柜，我们也得把他闹开。"黄大锁说。

"去吧，好好闹去吧。"陈有钱对进来的人说。

来人又急急忙忙地出去了，地上的瓜子皮又传来一片响亮的嘈杂声。

"我也去吧。"黄大锁从那扇破烂的窗户前站起来，对陈有钱说道，“我怕他们不行。”

“对，这个时候你应该在场。”陈有钱说。

黄大锁从桌上抓了一把瓜子，也出去了。

小十一不知道自己是什么时候跟着大姨从那间墙上挂着各种锦旗、房梁上悬吊着汽灯的夜校里出来的，等他再抬起头时，他看到了天上的星星和附近的树，那些树像一群一群的人一样，都不说话，默默地站在那里。星星不是很多，也不怎么亮，像是从箱子里翻找出来的一些旧日的东西，晾晒在天空上。

像是穷人在晾晒仅有的几颗粮食。

那些人，坐在夜校里，嗑着瓜子，有电灯不用，非要点上雪亮的汽灯，要的就是那种气氛。

“大姨，那个人可真有本事啊，能把瓜子皮吐得那么远，那么准。我就不行，我一吐就吐到了身上。”

“真的不让那个孩子上学？”

“我也没说不让，我只是想压一压她。她总是瞧不起我们，从来也没把我们这些人放在眼里过。”

“哎，这瓜子炒得可真不赖，让人越吃越上瘾。”

临睡前，他掀起窗帘朝外面看了一下，然后说：

“大姨，玻璃上的那些花和树越来越厚了。”

“到后半夜会更厚。”大姨说。

“大姨，这里的炕比我们家原来的那个炕大多了。”

“过来和我一起睡吧。”

于是，他吱溜一下钻了进去。

“要睡就好好睡，别像小猪一样使劲儿拱我。”

“大姨，你的身上真光。”

“以前，我们小的时候，你姥姥常说，皮肤细的女人命苦，没福气，那时候我还不信，你妈也不信。”

“我妈到后来总是怕冷，身上总是凉凉的。有时候要是忽然热起来吧，比火还烫。”

“想她吗?”

“我总是想梦见她，可一次也没有梦见过。大姨，你说怪不怪?”

“从来也没有梦见过?”

“没有。

“没有，那她也还是你的妈。”

“大姨夫真的跑到苏联去了吗？苏联多冷啊。”

“别听他们胡说，快睡吧。那说的是另外一个人。唉，那也真是一个倒霉鬼。”

四

县城留给小十一的印象只是一扇刷着绿油漆的门和一个吃起来觉得很酸的面包，还有一些灰色的台阶，想起来总是觉得空空的，像一座没有院墙而主人又外出了的院子。

那扇门，上半部分的绿油漆还很绿，下面就有点儿发白，能看出雨点溅上去的痕迹，一道一道的，一条一条的，都是斜的。旁边好像还有别的门，但他们没有看见。

大姨和小十一慢慢地推开那扇上绿下白的门，看到有几个人坐在里面，正在犹豫之间，听见其中的一个人突然朝他们喊了一声，大姨急忙又把那扇门合上了。

小十一对大姨说：“我爸爸在不在里面?”

大姨说：“走错了，不是这个地方。”

从那几级水泥台阶上下来后，大姨问小十一手里拿着的是什么，为什么总是握得紧紧的？小十一把手伸开，亮出那颗看上去已经很旧的糖让大姨看。

大姨说：“准备给你爸爸的?”

小十一点点头。小十一告诉大姨说，别小看这颗糖，他已经把它攒了好几个月了。

“别攒了，”大姨说，“你吃了吧。”

小十一摇晃着头对大姨说，那么几个月都攒过来了，我哪能说吃就吃了呢，哪能一下就吃了呢，要是那样，这几个月不是白攒了吗？又说，他常常是这样的，想吃的时候就从口袋里拿出来看看，看一会儿，嘴里就会觉得甜甜的，真的就像是已经吃过了一样，然后再放回去。来大姨家的路上，在那个车马店里，那颗糖趁他睡着的时候，自己从他的口袋里跑出来了，他睡得一点儿也不知道，幸亏被姓罗的那个老头捡到了，这才又还给了他，这事他现在想起来都觉得危险极了，时常一头一头地出冷汗。假设一下，姓罗的老头当时捡到后要是不声不响地放进嘴里咯咯地嚼着吃了呢，那又有谁能知道，肯定谁也不会知道。所以，无论任何时候，只要一想起那个姓罗的老头来，小十一的心里就全是感谢，像上午时分的阳光一样，黄黄的、亮亮的、干干净净的，连一点点不好的乱七八糟的东西也没有。不久前，当大姨领他往那扇刷着绿油漆的门前走的时候，他早就把那颗糖从口袋里掏出来握到手里了。

现在想起来，小十一越来越觉得坐在那道绿门里的那几个人很像是电影里的人。

大姨领着小十一来到城南的一条街上，街上看不见几个人，一个白头发的老人在临街的一座房子外面坐着。大姨停下来，朝四周看了一会儿，然后对小十一说：

“你就出生在这条街上。”

“真的吗？”小十一有些不相信。

“当然是真的，那还能有假吗。”大姨说。大姨告诉小十一说，在他快要出生的前几天，姥姥就来了。姥姥住在这里，就是要等着他生下来。后来，又过了几天，等他生下来以后，大姨也来了。那时候，这条街上的人比现在多，也比现在热闹，沿街两边的房子尽管最高的只有三层。可总像是在过节。顺便说一句，一个地方的房子高低和那个地方热闹不热闹完全没有一点儿关系。每到黄昏时分，住在街两边的人们都从各自的家里出来了，坐在门前慢慢地聊天、喝茶，孩子们踢着花花绿绿的皮球，推着铁圈哗啦哗啦地跑来跑去。

大姨这样说，让小十一忽然想起家里的一张比火柴盒略大一些的旧照片，照片上的几个人似乎刚刚在这一带打完篮球，每个人看上去都显得很小，衣服胡乱地裹在身上，越看越像是几只飞累了的鸟，正远远地十分懒散地走来。以前，小十一在家里的时候，经常能够看到那张照片，那些看上去像鸟一样的人中间就有爸爸，从篮球架的后面，能隐约地看到远处的树和房子，天上的云彩一块一块的。

可不知为什么，现在的街上真的看不见几个人，当初的那些人也不知都到哪里去了。

后来，从公安局灰蓝色的院子里出来以后，大姨就真的一点儿办法也没有了。她拉着小十一的手，站在一个同样灰蓝的巷子口，努力地从记忆里打捞着一些熟人和一些似曾相识的人。那巷子里也冷清得厉害。

小十一觉得，好像全世界的人都藏起来了。

大姨对小十一说："看来我们这一趟是白来了。"

小十一仰起脸看看大姨，又看看街上。小十一想，连大姨都说没办法了，那肯定就是没办法了。这样想着，他又把一直握在手里的那颗糖重新放回到口袋里。放进去以后，又用手轻轻拍了拍口袋，真切地感觉到它像一颗小石子一样硬硬地躺在里面。他在心里对它说，睡吧，想睡多长时间就睡多长时间，想怎么睡就怎么睡，想做梦也行，想翻个身也行，因为这会儿还不到该你出来的时候，还不到吃你的时候，你就是再甜也不行，无论有多甜，那也得老老实实安分守己地等着。

从远处开来的长途汽车和他过去在图画上看到的长途汽车在很多方面都不一样，那时候，他总认为它们是有脚的，而且至少有七八只，都藏在下面，里面坐着干干净净的人。现在，他远远地看见车门开了，一些人土豆一样骨碌骨碌地从上面滚了下来，转眼之间又都骨碌得看不见了。

他和大姨坐在一根躺倒了的木杆子上。不远处，也有两个人在那里坐着，他们把头尽量地伸进一座废弃的门楼下面，样子像是在避雨。大姨领着他过来的时候，他们就已经在那里了。他们的脚边放着两只篮子，每一只篮子都用布蒙着，其中的一个人不时地从那道废弃的门楼下闪现出来，俯下身，掀起苫在篮子上面的布朝里面看一会儿，然后又小心地苫好。

根据他们的那种样子，小十一觉得那两个篮子里面放着的东西应该是活的，比如两只鸡或三个兔子什么的。也不太像是小猫小狗，要是小猫小狗，早就叫起来了。

但是，仅仅几分钟以后，小十一和大姨说了两句话，等他再转过脸朝那道旧门楼下面看时，发现那两个人连同他们的那两只篮子一起都不见了。一下没有了那两个人在那里坐着，那道废弃的旧门楼下面突然变得异常的空旷，野草摇晃时的样子像是在挣扎，在挽留和回忆。

“大姨，我们回去吧。”小十一说。

很多日子以后，那道上面刷着绿油漆的门还在小十一的记忆里紧紧地关闭着，一声不响。好几次他把耳朵贴上去小心地谛听，听到里面一片寂静，没有人在里面。

他记得，那次他清楚地看到有人在里面坐着。

几个民兵慌慌张张地在结了冰的河面上走着，他们背着枪，像是下乡收粮的团丁，不时有人滑倒。

拉着干草的马车把正在经过的巷子堵得满满的，看上去严严实实，使对面过来的人不得不找到一个门洞躲起来，等马车过去以后再出来。那种时候，别说是人，就是一只鸡也钻不过去。两边的泥墙被划出无数深浅不一的印痕，声音十分嘈杂。车上的干草，远远地高出沿街两边的房子，躺在干草上的人，能够随着马车的行走，清楚地俯瞰，浏览到许多人家院子里甚至家里的情景。

看着从大姨家门前缓缓地经过的马车，小十一忽然想起了双马爷爷的侄儿，那个斜愣眼的男人，他也是赶着这样的一辆马车，小十一趴在高高的草上面，觉得自己离天离那种蔚蓝的颜色越来越近，云彩时常像轻纱或棉花一样从他的脸上掠过。那种时候，看下面的人，会发现很多人都像耗子一样渺小、软弱、灰不溜秋的。

马车过去以后，他用一把小铲子从街上搂了一些柴草，然后抱回到大姨家的院子里。母亲还在的那时候，他就时常这样做，在街门口一带搂上几次以后，就够他们一天烧的了。那时候，他也很想像别的孩子一样不劳而获地从车上抽下一些现成的柴草抱回去，但是他一来胆子小，二来没有力气，根本抽不下来，只能捡那些剩下的，别人不要了的，让人踩来踩去的，抱回家去。搂回去的多了，他和母亲就都会有一种丰收了的感觉，觉得家里丰衣足食，繁荣昌盛，万事如意。

一个戴着猫皮帽子的人在街门口一带徘徊了一会儿，然后慢慢地向门框靠近，最先伸进来的是长在猫皮帽子下面的那张脸，长着几根稀稀落落的老鼠胡子，接着伸进来的是脸下面的脖子，然后是与脖子相连接的一个肩膀和与那个肩膀连在一起的一条胳膊，接着迈进来的是一只脚，最后，连在那只脚上面的那条腿也进来了。

戴猫皮帽子的人就那样半扇身体在门里，另外半扇身体在门外，小心地向院子里打量了一会儿，看见没有大人，只有一个孩子，就一边轻轻地招手，一边鬼声鬼气地说道：

“哎，小孩，回去问问你妈，要不要粮票？”

小十一手里搬着一只小板凳，奇怪地看着。

“是全国粮票。”猫皮帽子强调说，“拿着它，只要不出咱们中国，去哪儿都能吃上饭。”

“没钱也能吃上饭吗？”小十一说。

“唉，没钱那哪能行。”猫皮帽子说，“我的意思是说，有了我手里的这全国粮票，再配上相应的钱，那就没问题了，无论你走到哪儿，都会是一路顺风，酒足饭饱。”

透过窗户，小十一向屋里看了一下，里面一片寂静。大姨很早就出去了，一直没回来。

“去，回去问问你妈，看要不要？”猫皮帽子有些焦急地催促道，“不要我可就走了，真走了啊。”

小十一搬着小板凳，慢慢地退到门口。

“要不让你妈出来，我直接跟她说。”

小十一忽然搬着板凳，跑进屋里，砰的一声关上了门。从门缝里他看见猫皮帽子的另外半个身体也终于进来了，整个人全部进来了，

“过了我这个村，可就没我这个店了。”猫皮帽子自言自语地说道。

看见有人站在院子里，原来落在铁丝上的一溜麻雀轰的一下都走了。

他盼着大姨能快点儿回来。

后来，他从屋里出来，对猫皮帽子说：

“我妈说我们不要。”

“我不信。”猫皮帽子摇着头说。

又说：“你妈这么半天不出来，不会是见了生人怕羞吧？孩子都这么大了，想来她也不小了，啥没见过。”

嘴里说着话，猫皮帽子仿佛意识到自己犯了规一样，他的身体还是往后退了两步。退到门口，他的戴着猫皮帽子的头探出去向街上看了一下，然后突然就跑了。小十一看见他的身体转眼就从大姨的院子里消失了。

小十一来到门口，猫皮帽子早已跑得没有踪影了，连一丁点的痕迹也没有留下。

另一个人正从那边过来。小十一一眼就认出他是那天晚上

他和大姨在夜校里见过的那几个嗑瓜子的人当中的一个。

他穿着一双大皮靴，扑通扑通地走过去了。

很晚的时候，大姨才白茫茫地回来。

五

要不是亲眼看见，她怎么也不会相信，那么一个活蹦乱跳的人，那么一个时时都在惦念着家里的女人、孩子、羊、葵花和余粮的人，刚才还在拼命地据理力争，极力想把自己洗刷干净，拾掇清白，转眼之间就再也说不出话来了，整个人如同一堆衣服一样堆在那里。

雪就是从那个时候开始下起来的。

别人谁也没有发现下雪，只有她看见了。她一低头，猛然看见地上不知什么时候已经白了一层，抬起头时，看见整个空中纷纷扬扬的全是雪。很快，她就感到脸上有了东西，脸像糊窗户的纸一样开始一小片一小片地被洇湿，头发和眼上的睫毛变得虚浮肥肿，颤颤巍巍的。

她是因为一不小心走错了门，才意外地见到那个人的，要不是也根本见不到。用陈有钱的话说就是“不可能让你见了”。她确信他就是那个刚从口外挪动过来就被他们逮住了的不走运的卖瓜子卖粉面的人，这些天，她不知道他们一直把他寄放在哪里，不用问也可以大致推断出不是什么好地方。打是肯定没少打。要光是打两下，然后就把他放了，让他带着东西走人，那也还算他有运气，关键是打了也是白打，打完以后也还是死活不放，让他的四周始终都是漆黑一片，老家院子里的葵花也看不见了，仿佛被人全部连根拔掉了一样。寒冬腊月的天气里，却总是听见他们的羊在雨地里一声一声地叫唤……孩子们的身上滚着草和土，山药冻得像石头一样，一碰就嘎嘎地响。

有人过去摸了摸，觉得他还有温度，像一碗晌午留下来的剩饭，说凉不凉，说热吧，又完全不是那么回事，根本谈不上热。他们把他从地上黑乎乎地扯起来的时候，竟发现他整个人轻得像一束干草，几乎没有什么重量，这让他们感到吃惊而怪异，原以为会是死沉死沉的一堆，所以准备了十二分的力，等到真正伸出手去以后，才发现连两分的力也用不了，轻轻地一拽，那黑乎乎的一堆自己就轻飘飘地起来了，仿佛他们是一块磁铁，而他是一根钉子，一吸就自动地过来了。倒是他们自己由于事先投入得太多，想得太重，而差一点儿被闪了出去。

就是在那时候，她看到了他身体下面的那摊血。

还有的人家忘了喂猪，但作为猪本身，猪还是清楚地记得自己还有一顿晚饭没有吃，没吃就不能去睡，所以就一遍一遍地在院子里走，实在是不能再继续沉默了，便大声地哼哼一阵，以示自己的存在。有时候，当声音也不起作用的时候，就用嘴巴把门拱开，眼巴巴地看着屋里的人，默默地提醒着他们。要是一个明白些的人，马上就会反应过来，啊呀！猪还没吃哩，怪不得这么黑了还一直在瞎转，不回圈里去睡觉。于是，就立即开始给它张罗一顿吃的。要是遇到一个怎么提醒也还是不明白的人，就会被骂出去，那就只好继续在院子里一遍一遍地走，看上去既嘟嘟囔囔又任劳任怨，和天上的星星比赛，看谁最后闭上眼睛。

有一次，她亲眼看见，孙美兰家的一头猪，吃饱以后，高兴地笑了。

有一天夜里，她梦见外面下着小雨。后来，屋里的门忽然开了，一个人湿漉漉地飘了进来。

是广才。广才浑身是血地站在她的面前，目光幽怨地看着她，身上的血还在往下滴答。

钟在正面的墙上赶路一样地走着。

广才对她说："你也不管我。"

她想对他说："我一直都在四处找你，打听你的下落。"但费了很大的劲都没有说出来。

这样一来，广才就说：

"我原以为夫妻是世界上最亲密的，没想到竟也是这样的靠不住。这个世界上没有什么能让人靠得住的，一切都靠不住。"

听到广才这样说，她感到委屈、伤心，许多日子以来所受的苦顿时都涌了上来，它们互相纠缠着、撕扯着，有时忽然抱紧，变成死死的解不开的一团，时而忽然又一下散开，像沙子或柳絮一样纷纷扬扬，最后，成为一阵呜呜咽咽的哭声。

她一路哭着走过去，沿路上的血疙瘩随处可见，顽固不化，人踩上去觉得硌脚。还有的在不远处慢慢地肿胀，变得像一座山冈那么大，颜色接近于夕阳。

小十一被她的哭声惊醒，他用力推她。她醒过来以后，对睡在身边的小十一说：

"你大姨夫可能已经完蛋了。"

她先说了梦里的一些情景，还没等她说完，小十一就告诉她说，他早就听人说过，一个人梦见下雨，梦见水或血，还有别的一些液体，应该是一个好梦。小十一说的这些，她都知道，连他这么小的一个孩子都知道，她咋能不知道呢，她只是觉得不能往那些方面去想。一个人，哪能净想好事呢，自己梦见的就全是好的，吉祥如意的，别人梦见的就都不好，都主凶？那是另一种形式的护短，她可不敢那么想，不敢把所有的液体，一切稀的东西，都自作主张地看成是好梦，一厢情愿地理解为美好的象征，看广才那僵硬的血淋淋的样子，也不可能是这样的，也好不到哪里去。

没有人能告诉她广才去了哪里，倒是常有人在从街门外面路过的时候，会不由自主地探头探脑，好奇地朝他们的这个院子里张望一下，要是正好看见她在院子里站着，又正好与她打了一个照面，他们的脸上就会露出十分惊讶的神色。

她不知道他们为什么要惊讶。

一到晚上，那些雪亮的汽灯就都被一盏一盏地点着了，如同照妖镜一样，让那些心里有事的人感到走投无路，只要有一点点可能和机会，就会想方设法把自己隐藏起来，而且能不在人前出现就尽量不出现，最好能永远销声匿迹，永远被遗忘，谁也再想不起来，似乎从来不曾有过那样的事和那样的人。这样一来，躲避汽灯，躲避那种雪亮的光芒，就成了心中有鬼的最好的证明。一个人那样做，无非是为了避免原形毕露，昭然若揭，避免早一天被发现，能像土拨鼠一样多隐藏一天就是一天，省下的就是赚来的。然而，她不止一次地亲眼见到过，那些心里没有鬼的人，在那种雪亮的光芒照耀下，也会感到无比的晃眼、烦躁，神情不安地走来走去，有的像雨前的耗子或鸟。

周日高说，有一件事情，一直憋在我心里，想跟你说，又觉得不能说，不说吧，又觉得对不起你。

她说，哪方面的？

周日高说，是关于你们家广才的。

她说，说吧。是不是广才被抓住了？

周日高说，那倒不是。不过，我觉得这事对于他和你来说，比被抓住还要厉害，还要严重。

她说，死了？

周日高说，没有没有，肯定没死，我有百分之七八十的把握，估计他还活着。我说的是另外一个问题，根据可靠的消息，广才已经被内定为敌人了。

看见她愣怔在那里，没有任何反应，周日高说，没想到吧？我刚知道时，也吓了一跳。

周围的雪晃得她眯起了眼睛。

周日高说，这样一来，你们的身份一下就发生了变化，以前不管好赖，还能算得上是人民群众，现在这么一闹，好像就不再是了。

她说，你是说，我们都不是人民了？

周日高有些沉重地点了点头。

她说，说广才不算人民，我现在已经多少能够接受了。可是我没想到连我也不是了。

周日高说，这种事情由不得自己。一个人，究竟是什么，又不是什么，自己说了不算，从来都不算。

又说，所以我劝你的意思就是，以后最好不要和别人闹，不要处处都显得自己很厉害，该争的也不要和别人去争，让别人争去吧。人民可以骄傲，可以得理不饶人，可以互相吵闹，互相争夺，可以厉害，可以发牢骚，发泄不满，但是你不可以，因为你已经不是人民了，这是最关键的一个问题。这样一来，谁都比你厉害，比你理直气壮，无论你去和谁理论，最后吃亏的都只能是你。人民当然也有吃亏的时候，但是要是和你闹起来，他们就会占上风。

站在雪地里，她有一种奇怪的感觉，浑身上下，只有耳朵那里是热的。另外一种奇怪的感觉是，她看着周日高，明显地觉得他比往日矮了许多。她想了一会儿，很快就发现根本想不明白。周日高怎么会突然变矮了呢？一个人难道可以像一件衣服一样随随便便地缩水吗？远处的那些连在一起的山白得让人难过，越看越觉得没有任何希望，一根一根的树枝像肿了的胳膊一样。

她听见乌鸦在叫。

周日高说，我跟你说这些，只是为了让你能更好地保护自己。你不要对任何人说，无论是谁，都不能说。你要是说出去，我就完了。

她说，你放心吧。

周日高把雪踩得吱吱的。他说，我相信你。我要是信不过你，就不会跟你说了。

远处的路上有两个小黑点，估计应该是人。她看了一会儿，发现那两个小黑点儿如同被钉在了路上。风把她的围巾吹起来又放下去。她忽然想到，如果这时候有人从很远的地方往他们这边看，她和周日高肯定也是两个小黑点儿。一个人，从人民变成一个豆子一样的小黑点儿，原以为有多难，其实却是一件再简单不过的事情，简直容易极了。她想道。两个人中，就算她已经什么都不是了，但身为国家干部的周日高至少还是吧。

一只乌鸦在距离他们不远处的一棵树上哇哇地叫着，像一个饿了的孩子。

周日高对乌鸦说，走开，小心我打死你。

说着，撩起衣服，抽出一把枪。这时，看见她正在看着他，马上又把枪插了回去。接着，又回过头去，用一种温和的协商的口吻冲着树上说道，到别处叫去吧，啊？他有些拿不准，不知道这样的弥补有没有用。但有一点他清楚，她肯定不喜欢他刚才那种盛气凌人的样子，连一只鸟也要骂，不依不饶。这样一想之后，他觉得自己真是蠢透了。雪野上有一些若有若无的光晕在闪动、徘徊，不细看是发现不了的。细看才发现那是蓝色的，正在翩翩起舞，轻声慢语，又在显示着它们是有出处有来历有背景的，并不是孤立的一片，在徒劳地无援地翻卷、闪烁。那一片片的蓝白色的幽晕啊。用手是无论如何都捉不到的，只能用眼睛去看，用脑子去想，用鼻子去嗅，只能这样，除此再不能用任何办法去接近她，武力、暴力，统统用上都没有用。你要是不顾一切地纵身扑进那种幽晕之中，自以为让你抓住了、得到了，但转眼你就会发现她正在别处轻声慢语地翩翩起舞——你的身边什么也没有。

思索让他这个向来都厉害惯了的人突然变得有些笨拙、沉重，甚至有些势单力薄，孤苦伶仃。

这样的一种感觉以前从来没有过，对他来说陌生极了。这以后，再看见那些被雪埋住的或者在风里东奔西跑的荒草时，他觉得自己并不比它们更强硬、更优越，从很多方面来看，他和它们几乎完全是一样的。

又走了一会儿，看见雪在他们附近一带闪来闪去，他对她说，本来想请你去我那里烤烤火，暖和暖和。可是，我出来的时候，李主任正在我那里审问一个去年秋天才被供销社招进来的人，估计这会儿还没问完呢。

她说，我不冷。

他说，就是冷也不去，冷死也不去，是不是？别说李主任他们正在那里，就是不在，你也不会去，我说的对吧？

他想起那年正月里，在漫天飞舞的雪花里，在那个人头攒动的戏台下面，他第一次看见她时，就把他迷住了。有一种东西，紧紧地把他吸住，从此他再没有自由过一天。有时候尽管看似轻松，但仅仅停留在表面。

一个人，感觉不自由，那就是真的不自由。

一直到现在，他也仍然无法说清楚，不知道那是一种什么样的东西，竟是那样的厉害，一直紧紧地把他吸了这么多年，让他东扭不得，西转不得，只能乖乖地被吸在上面。有时候，他明显地感到自己很像是一缕依附性很强的灰尘，什么也不想，就是想把自己一点儿不剩地完完全全地贴上去。

他看看远处，又看看她，所有的路都不见了，都埋在雪里。没有人知道，下着这么大的雪，他心里想的却是那样的一些事情。他从自己身上发现，人真是一种怪物。也只有人，才真正算得上是一种怪物，别的都算不上。

有人正在房顶上纷纷扬扬地往下扫雪。

一些黄泥的烟囱里冒着烟，有的烟像是紧紧地卷起来然后又展开的绸子。

她向他道了别，然后匆匆地向另一个方向走去。

他看着她的背影。看了一会儿，忽然想起一件事。于是，站在空旷的雪地里，他大声地告诉她说：

“这一带会修缝纫机的人不多，不过，我一定想办法给你找一个。请相信我，一定能找到！”

她没有回头，很快就走远了。

“还不好意思呢。”这以后，他一边慢慢地往回走，一边想道。女人啊，真他妈的！很快又想道，她不回头也许是想表示自己压根儿就没有听见？其实，听见没听见的，那又有什么关系呢。他那么大声地说，就是为了想让她听，想让她知道，而她却装出一副没听见，不知道的样子。她这样做又是为什么呢？

后来，路过农机管理站那又宽大又辽阔又油腻腻的院子时，他就从豁口处看见农机站的段文明站长正诡诡秘秘地躲在一扇门的后面，一会儿弯着腰，一会儿又蹲下，两眼紧紧地盯着院子里的某一个地方。那扇门，像是一道布景。看着鬼鬼祟祟的段站长，他的心扑通扑通地跳了两下。他想，段站长这狗日的，这是在干什么呢？不是在做什么见不得人的坏事吧？院子里没有人，好几间房子的门都关着。这样想着，他把头从墙上的豁口处慢慢地小心地探进去，看见院子里一片白雪，比往日的那种景象干净多了，只有中间的那条路有点儿发黑。白雪几乎把院子里所有的东西都覆盖了，包括停在西面墙内的两台东方红55拖拉机和那辆无论任何时候看上去都像一只蚂蚱一样的手扶拖拉机。他对那辆手扶拖拉机太熟悉了，他的一个拐弯抹角的亲戚最初就是它的驾驶者，后来因为在不到半个月的时间里连续翻了三次车，打碎了供销社进回来的很多缸和盆子、碟子、碗，还把王主任的小姨子的锁骨跌断了，脸上破了相，缝了十七八针，后来又听说连骨盆也有点儿问题，闹不好会影响生育。连着出了三桩事，别人就是不说什么，但凡是个有点儿血性又多少知道要脸的人，自己也会明白无论如何再没脸继续开下去了。可是他的这个拐有抹角的亲戚还偏偏就是想继续开下去，一点儿反思和自责的意思都没有，不是怨路不好走，就是怪天黑得太快，又说手扶拖拉机本身的马力不够，劲儿太小，像个奶声奶气的孩子。所有这些，都是造成他在不到半个月的时间内不断翻车的直接因素和最根本的原因，不是他自己想翻，换了谁也得翻，不翻几乎是不可能的。这些成堆的千奇百怪的理由，支撑着他，又像一份份的美食一样把他填充得满满当当的，让他在眩晕中有了极大的信心和勇气。他兴冲冲地找到周日高，让后者帮他说说，他还想继续开那辆手扶拖拉机。说实在的，周日高当时就对他的这种要求感到脸红，脸上不住地发烧。周日高对他说，我知道你是一个很不要脸的人，可是没想到你会这么不要脸。一开始气还不太大，后来说着说着，气越来越大，火也上来了。他真是感到气得厉害啊！他对他那个不要脸的翻车者说，去你妈的！想到哪死死去，离我远点儿！以后不要再来找我，我不认识你。你和所有的亲戚们联合起来，我也不怕。你就告诉他们，说我不帮你，说我六亲不认，说我不是人，让他们也全别认我，不要和我来往。

段站长藏在门后的那只手一动一动的，有时还要不由自主地哆嗦几下。

看了一会儿，他终于渐渐地看明白了，段站长是在套鸟。段站长的手里握着一根用肉眼几乎看不见的绳子，绳子是用马尾串成接起来的，绳子的另一头拴在一根短短的小木棍子上。木棍子立在院子中央的雪地里，上面支起一只半开半合的筛子，筛子下面撒着一些谷子或米。这个老段啊！

越过院子里的雪，他看见段站长躲在门后，激动得浑身都在颤抖，又不断地腾出一只手，用手背胡乱地擦拭着眼睛，他不想让那激动的泪花模糊了他的前途，影响他的快乐。

啊呀！真是个王八蛋啊！他在心里对自己说。

这以后，他沿着回家的方向走去。走了没几步，忽然听到从农机站的院子里传来嘭的一声，他没有返回去看。就凭那声音，他估计段站长一定是在雪地里跌倒了。

这样想着，他禁不住嘿嘿地笑了起来。段站长摔了个狗吃屎，他觉得无比开心，一路上他的嘴都合不上。

六

小十一用泥捏了一大堆东西，有小狗、房子、磅秤、牛、汽车……汽车里面放了一白一黄两颗芸豆，代表穿白衣服的人和黄衣服的两个人坐在里面。房子很像是他在小人书里常见到的那种房子，又低又矮，歪歪斜斜的，好像马上就要塌了，谁也再扶不正，扶不起来。黄泥的小狗正站在那间房子的旁边伸长脖子汪汪汪地叫着，一看它那样就知道肯定是有人来了。这些东西，都不分彼此大小地排列在一起，站成一溜，各是各的样子。在所有那些东西里，最傻的就是那只长得精瘦的小狗，一点儿也不知道自己根本不厉害，看见有生人来了，就张开嘴汪汪汪地咬一阵，看见比它大好几倍的大狗，也要咬，尖声尖气地叫着，甚至还想扑上去与人家厮打、斗争。

小十一有点儿担心地看着它，心里想道，你又不是一只老虎，还以为自己有多厉害呢。

一个牙齿猛看上去很白的人，坐在小十一的旁边，手不闲着，一会儿拿起这个看看，然后放下，又拿起另一个。手不闲着，嘴也不闲着。不时地指手画脚，小十一怕他拿来拿去的把自己辛辛苦苦地捏出来的那些东西拿坏了，可是又不敢说他，只得忍着。小十一牢记着大姨的话，大姨没少对他说过，他们现在和别人不一样，别人能随便骂人，他和大姨不能。别人能互相操祖宗，互相搏斗、栽赃，他和大姨也不能。当然，更不能与人争长短。对周围一带的孩子都得忍让，更何况这是一个大人呢，一个牙齿猛看上去很白的大人。

这样一想过之后，小十一也不觉得有多么生气了。随他拿去吧，他想要拿什么那就说明他喜欢什么，那就让他拿去吧，就是一会儿走的时候，真的要拿走几个，那也不能把人家怎么样，只能由他拿，能把他怎么样呢，肯定不能把他怎么样。他要是蛮不讲理地说，我就要拿，你能把我怎么样？小十一肯定会说，你拿吧。你随便拿吧，你想拿什么就拿吧，我不能把您怎么样。

但是，想着他拿，他却不再拿了，点着一支烟，抽了几口，然后看着小十一，露出他的那些白牙，说：

“会捏跳蚤和蚊子吗？捏一个我看看。”

小十一愣住了。

后来，小十一和大姨一起把那些沉淀在好几个盆里的湿淀粉用铲子一块一块地起出来，它们像是沉淀在池子里的石灰，不仅颜色像、样子像，沉淀后的形态也完全一样。大姨在地上铺开好几大张牛皮纸，然后把那些从盆子里起出来的湿淀粉一块一块地放到纸上，又分别捏碎，又像锄地一样均匀地把它们摊开。不久以后，晾晒在纸上的湿淀粉就像是一些刚刚犁过的地，变得整齐，疏松，洁白，天上的云彩有时候就是这种样子的。不过，大姨说，这还是湿的，还有水在里面藏着，不算白，等过些天完全晒干以后，那时候会更白，比现在要白得多。

小十一告诉大姨说，那个牙齿猛看上去很白的人，让他给他捏一个跳蚤和蚊子。

大姨一边用手犁那些淀粉，一边对小十一说：

“你捏你的，别理他。”

小十一不是没有见过跳蚤和蚊子，天气热的时候经常见，但是他觉得自己真的不会捏。

他坐在那些白得晃眼的淀粉旁边，一个人认真地想了一会儿，然后问大姨说：

“是不是越小的东西越难捏？”

大姨低着头，头发垂到脸前，遮住了她的脸。但是，她的五个手指却像是五犋犁一样，不断地在那些浮土一样的淀粉中起伏、出没，五犋犁同时出发，一路犁过去，被犁到的淀粉如同肥沃的湿土一样哗哗地从中间鼓起，又翩然地向两边翻开。转弯的时候，五犋犁也几乎是同时转弯，又从另一个方向，势如破竹，乘风破浪地一路犁过来。

小十一想，不用问，肯定是越小的东西就越难捏。

晚上，躺下睡觉的时候，大姨对小十一说，你知道那个人是谁？当年，你妈还没结婚的时候，还是一个姑娘的时候，他经常往你姥姥家跑，一个月里，不来七八趟，也得来个四五趟。他看上了你妈，一个劲儿地追，他们是中学时的同学。每次来了都不空手，都要拿点儿东西。有时候是一包点心，两个笔记本，有时候给你姥爷拿两瓶酒。你姥爷不喝酒，自从知道这个情况以后，以后再来的时候他就不拿酒了。来得勤，连我们前后左右的那些邻居都认识他了。有时候他来了，赶上我们家里正好没人，他就坐在邻居的家里等着。很能说，一来二去，跟邻居们也很快都混熟了。一个人能用他的话把另一个人、甚至一堆人说住，就像打败了一样，就像俘虏了一样，你信不信？人的话语真的是一种很奇怪的东西，有时候比什么都管用，比武器和钱都要厉害，别的东西做不到的事情，几句话一说，有时候就奇怪地做到了。你拿着一把枪，要是碰上一个死活都不买账的人，你也没办法，你最多只能把他打死，却到死也不能够让他心甘情愿地听你的。可是，要是你说出的话正好对他的心思，合他的意思，那就什么都不用愁了，那就会比一门大炮一堆钱还要管用。当然，你要是说不到正经地方，说不到节骨眼上，那也不行，说得再多也没用，那叫废话。

就这样，经常来，经常来，大概有一年多。

“后来，你爸爸突然出现了，一下就把你妈娶走了。”

小十一笑了起来。

大姨告诉小十一说，不过，这还不是最让人感到天旋地转的事情，最让他们感到头晕的感到天旋地转的是，那个人后来娶的竟然是紧挨着他们家的住在他们东边的一家人的女儿。那个人对小十一的新婚不久的母亲说，就算娶不上你，我也要从你们的旁边划拉一个。

小十一想，我真是危险啊，差一点儿就成了那个人的儿子。他不能想象自己是怎样与那个人一起吃饭、睡觉、说话，牵着他的手去这里去那里，不时地像被判了无期徒刑一样地看见他的牙齿白森森的，令人不安地闪来闪去，想不看也不行，除非不是一家人。后来又想，不过也不一定，假如他们当初真的成了，生出来的那个孩子也不一定就是我——肯定不是我，肯定会是另外的一个与我在很多地方都完全不一样的孩子，而且，名字也会不一样，也许叫的是石头，或者小鼓、鸡胗。

大姨家里没有孩子，连一个都没有。那时候，小十一刚来的第二天，大姨就对他说，从此以后，你就是我们的孩子了，不要再以为自己是来亲戚家串门的。

后来，晚上吃饭的时候，大姨又忽然想起了白天里的事，对他说，忘了问你，你愿不愿意？

他说愿意。

大姨高兴地笑了。后来又对他说，其实，你就是不愿意也得愿意。你想想看，除了我这里，你还能到哪里去？这个世界上的人，说起来不算少，多得像蚂蚁一样。可是，真正和你有关系有瓜葛的能有几个？简直没有几个。不算不知道，一算吓一跳。

小十一对大姨说，我早就吓过了，我坐在马车上，来的路上就已经吓了一跳。马车一边走，我一边想，啊呀，我只剩下这一个大姨了，除了她，再也没有人管我了。

又说："前天我还在想，姥姥真是个好人，她当初要是少生一个，或者一不高兴坚决不再生了，那我这一回可就真的完了，我去找谁去？这事越想越害怕。"

"你姥姥要是少生一个，首先没有的，应该是你小舅舅。"大姨说，"要是再少生一个，那就连你妈也没有了，不过，短来短去，都不可能短了我，我肯定在，不可能没有我，除非你姥姥一个也不生，那就谁也没有。"

家里充满了湿淀粉的气味，像是刚刚粉刷过房子以后的那种味道。

晚上他们吃的是炒海带丝。前天晌午，小十一端起碗后，看到碗里有蘑菇。

大姨对小十一说，我们成天这样山珍海味地吃，要是让别人知道了，一定会眼红得要命，一定会说我们的，说不定还会跑到公社去告我们一状。

小十一说，我不会说出去的，谁问我也不说。

大姨不在家的时候，小十一一个人想，我不想吃什么山珍海味，只想吃一顿真正的肉。

每天太阳一出来，把院子里照得很亮以后，大姨就把那些很不容易干透的潮乎乎的淀粉从屋里搬出来，晾晒在院子里。小十一负责保护那些淀粉，手里挥舞着一根小棍，轰麻雀，赶鸡。

鸡最不要脸，他稍一不注意，它们就已经大摇大摆地或者一溜小跑地走到淀粉上面去了，一上去就到处乱啄乱刨，有时候还要把翅膀展开，一下接一下地扇动，站在淀粉上面一声接一声地叫唤。小十一不认为它们是在唱歌。哪有那么难听的歌！此外，它们还要乱七八糟地往下掉毛，专门掉到淀粉上，然后笑得咯咯咯的，前仰后合。

小十一搬着一只小凳子，坐在淀粉旁边，怀里抱着那根小棍子。盯着淀粉看了一会儿，他的眼睛就会感到发酸，有时甚至还要流泪。他想，这时候要是有一副电影里的坏人常戴的那种墨镜就好了，把它戴上后至少不会像现在这么晃眼了。要是再有一顶礼帽，再有一身绸子做成的衣服，那会怎么样呢？特别是那种绸子做成的衣服，无论穿在谁的身上，都会一哆嗦一哆嗦的，整个人像是要飘起来了。去年夏天，在通往罗家油坊的一条路上，小十一就见过那样的一个人，戴着草帽，戴着墨镜，穿着白色的衣服。当时，他们都以为是亲眼看见了一个以前只有在电影里才能看到的汉奸，几个在树下坐着的孩子都被那人惊得目瞪口呆。那个人骑着一辆自行车，正从一道坡上下来，一手扶着车把，另一只手按住头上的草帽，白色的衣服在不歇气地飘扬，嘴上叼着的烟卷也在忽明忽暗地燃烧，整个人完全就是在飞，在铃声大作地飞。

“看，汉奸！”一个孩子首先叫了起来。

“是特务。”

还有的说是叛徒，一个专拣僻静处走的叛徒。

等到了跟前，他们才发现那个人既不是汉奸，也不是特务和叛徒，而是四小队的队长张宝贵，他身上斜挎着的那个东西也不是一支驳壳枪，而是一只挎包。

像汉奸和特务一样的张宝贵，看也没看他们几个坐在树下的孩子，一溜烟地拐进村里去了。

一个叫五猫的孩子说，张宝贵肯定不是汉奸，要是一个汉奸单独骑自行车出来，为了以防万一，肯定会随身带着气管子，而他刚才注意到，张宝贵的自行车后面空空的，并没有绑着一个气管子。张宝贵肯定是这样想的，都是社会主义大家庭，自行车要是瘪了，到哪里不能打一下气。

……

对去年夏天的往事的回忆，使小十一忽然感到自己孤单极了，像是一只被打下来的落在院子里的麻雀。大姨不在家的时候，再没有人跟他说话，他看了一会儿屋里墙上的画，又去外面看云彩，就那样坐在门口一直默不作声地看，直到把又软又白的云彩看得又黑又硬，由薄变厚，或者由肥变瘦，把晴朗安静的天空看得摩肩接踵，人声嘈杂，听到人们在互相招呼。吃了吗？驴我已经雇好了……那笔钱，后半年我一定还你。算命的告诉我说，等后半年的时候，我就有办法了，会时来运转，吉星高照。他这话我信，因为我也在琢磨，我不能总是这么又黑又霉地过了一年又一年吧？差不多也该亮堂亮堂了吧？其实我的要求也并不高，能像正常人一样有吃有喝地过日子，我就满足了。不负债，不要吃了上顿没下顿。锅里的水哗哗地开着，怒吼着，翻滚了一遍又一遍，可是米还不知道在哪里呢。我的女人眼泪汪汪地对我说，要不，咱们去死吧，这活得还有啥意思？我一听她这想法就不对，我对她说，胡闹！死了干什么！我们不死，我们就不死，我们就要活，就要硬着头皮活着。女人说，你真是脸皮厚啊，都活成这样了，还要活。我对她说，慢慢地你就会明白的，什么叫脸皮厚？我总算明白过来了，那可以说是人生最大的秘诀和最重要的法宝，有了那一条，可以说万事不愁，我本来还想对她说，要死你死去，反正我是不死。但话到嘴边，我又觉得于心不忍，于是就给她打气，勉励她说，不但我不能死，你更不能死！这个家没有我，等于塌了一半，要是没有你，等于塌了一大半，要是两个人都没有了，那就等于全塌了。所以，咱们两个都不能死。

七

一个名字叫油墩子但长得又像是一只鹤的人，坐在冰凉的水渠上，拉着一把十分破旧的二胡，在为人们说唱一个杀夫的故事。前些年的时候，这个叫油墩子的人也曾经来过，常在天黑以后伴随着天上的星星出现在街头上，身边围着一堆人，听他说唱一些不痛不痒的事情：守夜，改嫁，搬家，过年，割莜麦，掰玉米，植树造林，偷鸡摸狗。这一回，油墩子还是那个油墩子，二胡也还是那把二胡，但说唱的内容却成了杀夫。据油墩子本人说，这可不是他自己瞎编的，他编不了这么好，而是完全来自于一件真人真事，故事里的女人至今还活着，只是谁也不知道她现在生活在哪里。又说，这样的故事十个人有九个爱听，剩下的那一个人那是因为没有赶上，要是赶上了，听到了，会比那九个人还要喜欢。

说着，呜呜咽咽地拉响了手中的胡琴。人们安静了下来，很快又听到一阵悲戚的哭诉。

在开头的引子部分，油墩子的那只看上去十分灵巧的手在明显地用力，来回扯动的弓弦很快变得像一把锋利的刀，透过声音，人们听到一阵无情的砍杀。

一幅血肉模糊的图景已经在有些人的心里提前展开了。

名叫油墩子的人停下来，告诉人们说，就这样，每天唱一点儿，把那个故事全部唱完，至少得需要半个月的时间。到第十四五天的头上，人们就又会听到刚才的那一阵由胡琴拉奏出来的砍杀，杀得血淋淋，碎纷纷。有性急的人提出要求，想要不睡觉连夜听完，名叫油墩子的人伸长他那鹤一样的脖子，摇晃着他那小小的头说，那不行，再好吃的东西也不能不要命地去吃，一下都吃完，一竿子插到底，那就没意思了。

这天晚上，名叫油墩子的人唱完开头的几段以后，果然就再也不肯唱了。月亮高高地挂在天上，人们又等了一会儿，看出真的没有希望了，才开始慢慢地散去，往各自的家里走。剩下一些孩子还围在油墩子的身边，不肯离去。油墩子让他们回去睡觉，但没有人听他的。他们不时地伸出手去摸一下他的胡琴，甚至从后面摸摸他的头。有的孩子被别人推着，东倒西歪地扑到油墩子的身上，将油墩子连人带胡琴一起撞翻。

已经很晚了，他们还在那里撕扯着。

“你是从哪听说的？”

“我正领着民兵在外面巡逻，有人匆匆忙忙地跑来，告诉了我这个消息。‘有人正在唱你嫂子，名字都一样。’说实话一开始的时候我也认为是巧合，也就只是名字一样，至于那些事情，安到别的哪一个女人的头上都行，任何一个女人都有那种可能。可是后来，我不这么认为了，我越来越觉得事情好像没那么简单。”

“你是说不是巧合？”

“不像是。”

“她是你的嫂子，你还不知道她吗？”

“说实话，我不认为我对她了解很多。你和她还是夫妻、两口子呢，你对她又了解多少？你知道她在和你结婚以前的那些年是什么样子的吗？”

“我不想知道那些。再说，就算真的有点儿啥，那和我又有多大关系？那时候我还不认识人家呢，她也同样不认识我，她就是闹翻天，也不是因为我，更不是冲着我来的，这是近的。再往远了说，退回五百年前，谁也不知道自己那时候是啥样的，更不知道曾经干过什么。就说咱们两个，你能知道你曾经是谁吗？我是一点儿也不知道。”

“作为你的兄弟，我只是想提醒你，怕你出事。有时候我觉得你活得很危险。”

“我活得很危险？我没觉得，我倒是觉得你让人有点儿眼晕，整天舞枪弄棒的，动不动就开会、捆人、搜查……”

“那是我的工作。有的人还负责枪毙人呢，你能说他们是在做坏事吗？”

“要是把人毙错了，冤死了，那就是在做坏事，最起码是在助纣为虐。”

“好啦，我们不说这些啦，还是说那个叫油墩子的人吧，真是个王八蛋！我听说他就这么一直要唱半个月呢，这才刚刚起了个头，好戏还在后头。”

“他想唱就让他唱去吧，他就是靠这个吃饭的，挣钱养家的。你能不让人家唱吗？”

“对，你说对了，我就是不想让他唱。”

“就算我们不让他唱，把他撵走，他到别的地方还会一样唱，继续照唱不误。找一个离我们这里一二里，两三里的村子，胡琴一响，又唱开了，你能管得了吗？你能时时刻刻都跟着他吗？”

“让我生气的是，唱就唱吧，还不一下都唱完，吹灯拔蜡，立即走人，而是每天只唱那么一点点，细水长流。他这是在干什么？是在安心地过日子吗？”

“对他来说，这就是在过日子。要是每天只唱一句就能应付过去，就能挣到钱，那他肯定就只唱一句，再多一句也不肯唱，连两句也不唱，就唱一句。”

“月亮已经西斜了，明天再说吧。”

“啊，已经是后半夜了。”

“今天已经是第二天了，他越唱越可恶。”

“你去听过了？”

“去了，不过我没有到跟前去，只站在不远处听了一会儿，谁也没有看见我。”

“这就好了，你总算亲眼看见了。”

“哥，难道你真的一点不好的感觉也没有？”

“没有。”

“我有。”

“你有？”

“我觉得不光彩，我们一家人谁都不光彩。我站在黑暗里，越听心里越难受。”

“你用不着难受，我都不难受。”

“听见你这样说，让我更难过。你不光是垮了，整个人像一面墙一样倒了，还麻木不仁。”

“说我麻木，那可能有点儿。但是，要说我不仁，我不承认，我没有不仁。”

“还说没有麻木，没有不仁？自己的女人，让人编成故事，到处唱来唱去，一点儿也不生气，倒像是在听别的女人的故事，我怀疑你一点儿血性也没有了。”

“你咋就能肯定那唱的就是她？”

“我感觉就是，越听越像，连她说话的那种方式都像，越听越熟。”

“我感觉不是。”

“你又没去听，你咋能知道不是？”

“你咋知道我没去听？”

“你也去了？为什么我没有看见你？”

“为什么我要让你看见？你自己不想让别人看见，难道我就想让别人看见吗？”

“你躲在哪里？”

“和你一样，我也站在一个谁也看不见我的地方。”

“那些树的后面？魏家菜园子里？我印象中好像记得树后面有影子。”

“不要瞎猜，我不在那里。”

“你听我说，就算他唱的那个女人真的不是我的嫂子，而是另外一个同名同姓的女人，可也总让人觉得别扭，觉得心里阴阴暗暗的，不干净。也正因为这样，我才始终觉得事情没那么简单。”

“我真拿你没办法。”

“我也拿你没办法，无论怎么刺你、扎你，都扎不出你一点儿血来。你以前不是这样的。”

“我该怎么办？回去把你嫂子杀了？”

“唉，我不是那个意思。我是说，我是民兵连长，好歹也算个干部，我得人前人后地工作。另外，我还没有结婚，无论是谁，无论哪个女的，只要一听说我们家里曾经有过这样的人和事，谁会跟我？”

“谁说这就是我们家里的人和事？”

“你可以不那么想，可你拦不住别人不那么想，你总不能以为别人和你想的一样吧？”

“我想我的，别人想别人的，别人爱怎么想想去，那是他们的事，我也管不了那么多。”

“你不要面子，我还要呢！你让我这个民兵连长怎么当？你让我怎么做人？”

“你要吧，我又不是不让你要。”

“这以后，我还怎么有脸去工作、去斗人、去捆人？先把我自己捆起来算了。”

“……”

“我再说一遍，我不想不光彩地活着，不想那么黑七烂五地活着，无论走到哪里，都有人在背后指指点点。”

天刚黑的时候，就有人早早地来到了水渠边，可是，一直等到月亮升得很高以后，那个名叫油墩子的人仍然没有露面。人们像一些影子一样站在月亮地里，有的三五成群站在一起，有的金鸡独立，看上去心事满腹。

仍然不断地有人来，但都不是人们正在等待着的携带着二胡和竹板的油墩子。每一阵新的脚步声都会给站在月亮地里的人们带来一次希望，可是，随着脚步声的由远而近，人们刚刚生出的希望很快又都变成了失望，像水泡一样一个个地都湮灭消失了，重新变得愁苦，憋闷，垂头丧气。

一个有些阴阳怪气的声音在说：

“该来的不来，不该来的都来了。”

不久，还是那个声音，逡巡了一遍后，又说：

“正经人一个也没来。”

多数的人都冒着不正经的危险，在继续等待那个叫油墩子的人，这才刚唱了两天，这是第三个晚上，人们不相信他会突然不辞而别，就这样不声不响地贼一样地溜走了，以后还想不想再来了？

但是，这天晚上油墩子一直没有来。有人坐在那道冰凉的水渠边一直等到后半夜才回去。

第四个晚上，名叫油墩子的人仍然没有来。

到第五个晚上的时候，水渠边已经没有人再等着了，很多人把那件事情差不多都已经忘光了，仿佛从来不曾有过一样，时光又在慢慢地转着。

只有少数心细的人还记得，有过那么一回事，记得胡琴一直在哭，从家里出来张望，视线里空荡荡的，一个人也没有，马上就又回去了。

有一天，有人在地道里看见了那个叫油墩子的人。

尽管他已经死了，但仍然还坐着，保持着生前一贯的姿势，一手扶着胡琴，一手拿着弓，像是正在说唱。

只是从他嘴里出来的不是故事，不是唱词，而是泥。

八

“这样看来，谁都有可能在那里面。”

和她说话的是住在前面那个树荫很重的院子里的一个女人，叫梅花。

从午后开始，她们就在一起说话，两个女人脸对脸地说话，那幅情景，让一旁的小十一感到很神秘。尤其是那个叫梅花的女人，也许是由于常年在树荫下面走动的缘故，一张脸白得惊人，小十一还从来没有见过那么白的人。母亲那时候就够白的了，但也不能和眼前这个女人相比，特别是后来那些日子里，母亲变得越来越憔悴，皱纹时不时地光顾，总是不请自来，而且来了就再不走了。

大姨和梅花都去地道里看过那个名叫油墩子的人的那副死相，回来后，那条几里长的地道开始在两个女人的想象中和言语中无限地延伸、扩展，并且很快就变得蜿蜒曲折，四通八达，复杂极了，其纷乱的情形远远地超出了她们的估计和想象，让她们感到一片茫然，完全不知道它连结着哪里，又最终通向什么地方。尽管她们都曾经参加过那条地道的挖掘和修筑，曾经把汗水和血泪留在里面，也还没有完全忘了其中的情形和轮廓，但是现在，它的诡秘和复杂性早已溢出了她们的记忆和经历之外，她们只记得最初的一些艰辛和劳累，除此之外，她们不再对它感到熟悉，而是感到无比的陌生和阴冷。

“除了那个油墩子，那里面会不会还有别的人呢?”

听见梅花这样说，她的心一下嗵嗵地跳了起来，忽然觉得自己有点儿发虚。

“把人打死了，悄悄地藏到那里面。”梅花说。

她抬起头，看着梅花。那时候，她有一种奇怪的感觉，觉得梅花的话看似黯淡、平常，实则亮闪闪的，锋利无比，甚至觉得有流星一样的寒光不时地从眼前划过。

于是，她有些逃避似的眯起眼睛。

耳边又听见梅花似乎正在距此很远的一个地方风摆柳一样地走着，雪白的脸，乌黑明亮的头发，腰扭动得如同秧歌。有人和她打招呼，但她没有看见，或者充耳不闻。

不知什么原因，她轻轻地叹了一声。

本来，她想对梅花说，那个叫油墩子的外乡人死得真可怜，他家里的人——如果有的话——至今一定还不知道他已经死了，死在这里的一条地道里，但最终说出来的却连她本人也觉得大吃一惊：

“我就知道他会不得好死，一年一年的，老拿着别人的事情替自己挣钱，靠说别人，编排别人来养活自己。”

说完后，她像是跟谁赌了一口气，心里觉得既痛快可是又有一种说不清道不明的沮丧和郁闷，甚至失败。悲伤的情绪明显地写在她的脸上，由惊讶引起的不适一会儿像火焰一样熊熊地把她的脸熏热、烧红，一会儿又让她独自上升，很快又原路返回，——因为无功而返，因为碌碌徒劳而变得苍白、灰暗、冰凉。

她看见对面的梅花正吃惊地望着她。

她说："梅花啊！"

她说她至少梦见过张广才七次，每一次浑身都是血淋淋的，没有一回不带血，害得她早上一醒来就得不停地清扫，到处擦抹。不擦抹不行，因为她明显地闻到有血腥气在家里到处游荡，自由自在地飘来飘去。有时候是她拿着扫帚和抹布在追赶它们，想把它们一下粉碎，清除干净。但还有的时候，事情正好倒了过来，不是她追赶讨伐它们，而是它们步步为营地撵着她，或者穷凶极恶，或者心事重重，或者嬉皮笑脸厚颜无耻地跟着她，无论她走到哪里，它们就会跟到哪里，无论她站着还是躺着，它们都会堆积在她的前后左右哪里也不去。她用被子蒙住头，但是，很快就感到它们也马上就来到了被子上，重重地压着她，最厉害的一次死沉死沉地压着她，让她想翻个身都不能。而且，不仅仅是穷追不舍，有时候还试图更进一步地想与她搭讪、接腔、接她的话茬儿。比如，她说："羊还没有回来。"它们马上就嗡嗡地说："正在回来的路上，已经过了河了。"比如，她说："缝纫机已经坏了好几个月了。"它们马上又嗡嗡地说："东西哪有不坏的，为什么不找个人来修一修？"比如，她说："黄世昌家的大儿媳妇前天还好好的，在供销社里买布，还买了花椒和白糖，但昨天突然就死了。"它们马上又嗡嗡地说："是那些闲言碎语杀死了她，凶手正是那些针尖一样的嘁嘁喳喳的闲言碎语……”她惊得面如土色，头发飞扬。有好几次，她站着站着，然后突然转过脸来，目光像锥子一样，想看看身后到底有什么。

这样一来，有时候她不得不尽量让自己少说话、少出声，或者干脆闭上嘴不说话，免得它们再接腔。哪个人不想自己所说的话能引起别人的注意和重视，有谁不愿意自己被人正经地当回事？可是，她不想，她不愿意。在有了那样的一些事情以后，她再也不想被人重视，被人当回事了，她更愿意自己是一片平常得不能再平常的树叶，落脚之处是一片树林子，而绝不是别的任何地方，这样，她才不会一眼就被辨认出来，然后被轻而易举地十拿九稳地捡到，再被翻来覆去地看个够，研究个够。

梦中的张广才，反复无常，有时候看上去十分的高兴和得意，兴致勃勃，有时候气急败坏，悲愤，哀怨。不过，在他高兴的时候，即使是身上带着血，也仍然难以掩饰他内心的喜悦，她躺在炕上，他站在她的头前，仔细地看着她的脸。慢慢地，他的手来到了她的脸上，把她的头发撩到一边，然后像云彩和风一样从她的脸上轻轻地拂过。她刚想再来一次，再重温一遍那种感觉，那种感觉就是想曹操曹操到，马上就又回来了。她的心几乎都快要跳出来了。原以为已经走远了，不会再回来了，却没有想到并未真正离去，而是一直就在她的附近。

她的头发最先被犁醒，接着醒来的是她的额头、眼睛、鼻子和嘴……

他的手来到她的胸前，像老鹰一样在盘旋。

她先是把两条大腿夹紧，然后又不顾一切地张开……

他说：“不行，我得赶快走。”

说完，屋后就传来一阵咚咚的奔跑的声音，几棵树上的桃花和杏花被纷纷震落下来。

她闭着眼睛，听到路上有人在唱。

……

星星是那种看上去有点儿发黄的星星，很疲倦地眨动着，好半天才忽闪一下。

她想起了已逝的一些晚上，天上也是这样的一些黄星星，有的似乎落到了山冈上，落到了路上。

世界昏暗极了。

“你看我们这个家。”她对梅花说。

“要我说，这已经够好的了。”梅花说，“要是换了别的女人，肯定早就过得不成样子了。”

家，的的确确还是原来那个井然有序的家，并没有显现出那种严重的让人看不下去的变形和扭曲的态势，少了一个大人，多了一个孩子，印象中反倒比原来更整洁更精致一些。像是一块地盘，不是在向外延伸、扩张，而是在不知不觉地收敛、返回，一点一点地向里收缩、紧握。事实证明，越往小里变，就越容易显得精巧，宁静，安详，能够一目了然，一叶知秋地尽收眼底。天一黑下来，门就关上了，再去听外面的人声，大步流星的马和在门缝里把脸挤得扁扁的狗，会以为是戏里的一些场景，或者疑心是后半夜突然醒来，后来又昏昏地睡去后，在拂晓前又形成的一个梦，一个有曙光作背景的，又有朝霞和露水介入的梦。墙头上的草，无论簌簌摇晃的时候，还是根根直立的时候，都给人一种荒原般的印象。日落时分，黄昏以后，那样的一种印象会显得尤为强烈和突出。

她听到一个人像是扫树叶一样在数落另一个人：

“跟你说过多少遍了，就是记不住，就是不往心里去。不要总是那么自以为是，不要总是想当然地总是单相思地以为自己很重要，有什么重要的？无论离了谁，这个世界也照样还能行，说不定会比原来更好，不信你试试。所谓离了张屠户，不吃带毛的猪，说的就是这么个理。

“多年来，某某一直以为自己是个非常重要的人，尤其是最近几年，无时无刻不觉得自己金光闪闪，俯视着众生。但是，他死了。死了就死了。按他原来的估计，一旦没有他在场，很多事情就顿时不能再进行了，一些会议也会因此被取消，或者无法再开下去，如果要进行，那也只能纯粹是在瞎胡整，惹人发笑。岂不知，很多事情进行得很好，花在继续开放，草也在继续生长。

“还有你爹，你的那位自以为威严的父亲，那曾经是一个多么自高自大的人！别的咱们先不说他，只说一点，他始终坚信至少有好几个女人都是一心一意、忠贞不贰地为他而活着的，要是没有他，她们无论多么如花似玉，也都会灰飞烟灭的。他的那种可怕的自信不知是哪里来的。

“你现在还记得那年春天，你的母亲带着你们兄弟姐妹改嫁时的美好情景吗？春光明媚，草长莺飞，你们一个个都收拾得焕然一新，特别是你们的母亲，更加光彩照人，魅力十足，把自己调理得像个万人迷。花在为你们这些有娘没爹的孩子开放，水在为你们这些即将又有了新爹的孩子而翩翩起舞，多情柔软的柳丝和美丽的蝴蝶也一路上陪伴着你们，婀娜多姿，春光无限。天上白云点点，尽情舒卷，田野里生机盎然，一切都在生长，漫卷的白云像是你母亲的嫁衣。你们高高兴兴地唱着歌，一遍又一遍地抒发着内心深处的激情，快马扬鞭，奔驰在社会主义的康庄大道上，去迎接新的幸福和可能。”

又听见广才站在她的头前，对她说：

“先别忙着再嫁，我把那些乱麻一样的事情处理干净后，马上就回来。”

她看见天黑了，炊烟缭绕，蝙蝠越飞越低，几乎一伸手就可以捉到一只。

梅花说：“我该回去了。”

送走梅花不久，她就看见对面一片屋顶上的烟囱里冒起了一缕炊烟。

她看见供销社里的算盘在噼里啪啦地响着，乌木的珠子，不停地蹦来蹦去，七上八下。几块钱的事，却被算得像一笔层层叠叠、头绪纷繁的糊涂账，像一笔依靠人力和想象都无法挪动半寸的巨款。

有两个人穿着光板的皮袄，正站在那里喝酒，一人手里端着一个碗。连碗也是供销社的碗，他们暂时借一下用它喝酒，等把酒喝光了，又会被放回到货架上。有人来买碗的时候，马上就卖了。

她没有买碗，买了一包针和一包火柴，付钱的时候，她想了一下，于是又要了四节电池。

后来，一低头，又看见了站在她身边的小十一，小十一的目光像两只小蝴蝶一样在对面的货架上飞来飞去。于是，她又把刚刚放回去的钱重新掏出来，拿出一张五角的，全部买了糖。

看见卖货的人用手一下抓上来那么多糖，小十一吓得有些不知所措，他用力摇晃着她的胳膊，对她说：“用不了那么多，有一角的就够了。”

她抓起柜台上的那些糖，塞进他的两个口袋里。然后，领着他出了门。

回去的路上，小十一紧紧地拉着她的手。

“甜不甜？”她问他。

“甜。”

走了一会儿，小十一才告诉她说，看到她刚才在供销社一下给他买了那么多糖，他吓坏了，差一点儿哭出来。她边走边有些不解地问他吓什么，买几块糖有什么好怕的，对于一个孩子来说，那难道不是一件好事吗？多少孩子都盼望着那样的一个从天而降的幸福时刻，好多的糖装在口袋里，嘴里吱吱地吃着，手里玩着，感觉自己像一个富有而快乐的小地主。

但是小十一的理解却是，大人只有在生气的时候才会那样做，要么气呼呼地恶狠狠地给你买一大堆东西，要么就什么也不给你，你就是哭死也不给你，只给你一个耳光。

听见他这样说，她笑了。她告诉他说，其实，并不是所有的大人都是那样的，有的大人，要是身上没有一分钱，他即使再赌气，再想恶狠狠地给他的孩子买一大堆东西，那也根本买不了，他仅有的，只是一耳光，也只能是一个耳光。

“大姨没生气。”她对他说，“眼看就剩下你和我了。要是咱们两个再生气，那咱们就别活了，也真的没法再活了。”

听见大姨这样说，他觉得有一股甜蜜流遍了全身。

“你口袋里的给你爸爸攒了好长时间的那块糖还在不在了？”

“……不在了。”

“丢了？化了？”

“让我吃了。”

“啥时候吃的?”

“好几天了。”

“不想你爸爸了?”

“大姨，我跟你说，你可得为我保密，不能跟别人说。这些天，我觉得我有点儿没良心，因为我好像把他忘了，已经有好长时间没有想起过他了。”

“噢，那你妈呢，想不想你妈?”

“也没有刚来的时候想得那么厉害了。”

星星又出来了。

快到家门口的时候，小十一忽然问她买那么多电池干什么。

她说，把它们安进手电筒里，照个亮。

九

小舅舅一个人赶着一辆小毛驴车，走了整整一天，天快黑的时候才来。

卸了车，又把驴拴到一棵树上。

“妈来不了，让我来看看你。”小舅舅对大姨说。

灯光下，小舅舅脸上的一片伤痕有些红肿。

“你的脸怎么了?”大姨问小舅舅。

“碰的。”小舅舅说，“不小心碰了一下。”

小舅舅说，他赶着车，走到黄花梁上的一棵树那一带的时候，不知怎么回事，车突然翻了，幸好车上没有什么东西，他本人滚出去好远，把脸擦破应该说是最好的结果了，应该值得庆幸，值得高兴和安慰。

小舅舅一提到黄花梁和一棵树，小十一马上就想起来了，那是去姥姥家的必经之路，高高的梁上种满了庄稼，青绿的莜麦、红色的荞麦和开着无数蓝色小花的胡麻。风一吹，青绿的莜麦像湖水，荞麦上的小白花和胡麻上的小蓝花像数不清的蝴蛛在飞舞。整个梁上只有一条路，整个梁上只有一棵树，一棵又粗又宽大的树，就长在路旁，树荫里常有白翎鸟在叫。

小舅舅对大姨说：

“你还说让妈坐我的车来，要是赶上今天这样的事，没问题把老太太送上西天去了。”

说着，笑了一下。又说：

“那我就成了害死咱妈的凶手了。”

驴在外面叫了起来。

“车上还有一把草，都给了它。”小舅舅对坐在灯下的小十一说，“走了一天了，它饿了。”

晚上吃饭的时候，小舅舅问大姨：

“大姐夫还没有消息吗？”

“没有。”

又看看坐在一旁的小十一，小舅舅说：

“我这两个姐夫，人长得不一样，做的事情也不一样，没想到，到头来的命运却一模一样。”

停了一会儿，又说：

“那年，天下着大雪，我来你们家，你给我煮了两个鸡蛋，我刚要吃，大姐夫从外面回来了。虽然没说什么，但我觉得他心里肯定不高兴。第二天，我在回去的路上一边走一边想，我这一走，你们两口子少不了打一架，肯定得打起来。”

“没打。”大姨说。

小十一默默地吃着饭，听着大姨和小舅舅说话，他们姐弟俩的影子分别映在两面墙上。

大姨向小舅舅询问老家那里的一些情况。小舅舅说，也不知是怎么回事，近几年来，老有人在死去，不能说每天都有人死吧，但经常能看到有人披麻戴孝，或者动不动就看见几个人抬着一口棺材走了。有时候在路上也能遇到那种神色匆匆急急忙忙的报丧的人，骑着车子，头上顶着一块白布，手里拿着哭丧棒，跑得像兔子一样快。远的不说，光是这个月，从初一到二十三，几乎每天都能听到有人在嘤嘤咽咽地哭，而且，越到晚上，越到夜深人静的时候，哭得就越厉害。也不是那种大声地哇哇地哭，放开嗓子号啕大哭，一直都是在小声地哭，声音低极了，但是又正好能够让你听见，分寸掌握得真是好。你一个人在破败的黑洞洞的街上走，会让你感觉到并不是只有你一个人，因为附近不知什么地方总是有低低的微弱的声音在哭。

“哭得挺伤心?”

“挺伤心。”

小舅舅的脸色有些灰黄，不太好看。

“大姐，”小舅舅对大姨说，“咱们那个地方完了，可不像你们小的时候那么好了。河里也没水了，干干的，成了一条路，河边的那些树也不见了。那么多的杏树和李子树，一到夏天，只有一两棵树上还零零星星地结那么几个半生不熟的东西，其余的树只长叶子，只开花。花开得再多有什么用呢?再说，那也不像是什么好兆头，到处白茫茫的，像是又死了人一样……总之，我发现那个地方已经一点儿风水也没有了。人要是一直在那里住下去，只能是一天一天地缩小、变朽、腐烂，直至最后完全自取灭亡。”

大姨对小舅舅说：“你该找对象了。有人给你说过吗？”

“说了一个，”小舅舅说，“是皮条窑的。我前后去过她们家两次。一个小院子，三间旧房，家里没有一件新东西，她爹老咳嗽，总听见他在咳嗽。院子里的东西更旧，唯一的新东西就是靠南墙新栽的两棵青杨树，比手指粗不了多少。我很想对他们说，要栽就应该多栽几棵，南墙下还有空地，至少能栽一溜，两棵能顶什么用呢。”

“先别管人家有没有新东西。人咋样？”

“我也说不上来，就那样儿。”

“就哪样儿？”

“还行吧。”

“人好就行。”

“我也愁得厉害，将来一旦我要是真的把她娶走了，剩下她爹妈，那两个老人该怎么办呢？”

“她没有兄弟姐妹吗？”

“有一个哥哥，死了，她的嫂子带着孩子嫁了。还有一个弟弟，原来在他们公社当勤务员，伺候公社书记，按说应该有前途，可是他每天起得比公社书记还要晚，公社食堂已经开饭了，公社书记自己洗了脸，可是他还没有醒过来。公社书记就只好叫他，‘小罗，该起来吃饭了。’公社书记后来说，这还闹不清谁伺候谁哩。”

大姨看着小舅舅。

“我明天就回去了。”小舅舅对大姨说，“妈就是不放心你，让我来看看。看见你还好，我们也就放心了。”

又对坐在一旁的小十一说：

“要听你大姨的话。”

“住两天吧。”

“不住了。”小舅舅说，“万一要是下了雪，黄花梁那个坡就上不去了。再说，驴还是跟队里借的呢，说好的就借两天。”

“下次再来的时候，把那个姑娘带来，让我也看看。”

“八字还没一撇呢，哪能随便带着人家出来？她从来没出过远门，我看吧。”

第二天吃过早饭以后，小舅舅就上路了。

大姨领着小十一，一直把小舅舅送过了河。大姨对小舅舅说：“我挺好，不要让妈想我。”

“我知道了。”小舅舅说。过到河那边以后，他停下来，一手拉住小毛驴。另一只手挥着说：

“姐，你回去吧。”

小舅舅和他的小毛驴车越走越远，越走越小，后来终于再也看不见了。

晚上，大姨把前两天买的那四节电池一起装进一个大手电筒里，然后就出去了。

她想起当年挖地道时的一些情景。那时候，常有人握着这样粗大的手电筒到处乱照，强劲的光芒常常晃得她们无处藏身。

半夜里，小十一睡醒一觉后，看见屋里亮着灯，大姨不知道什么时候已经回来了，身上和头上全是土。

小十一爬起来，看着大姨。

“我去了一趟那个地道里。”大姨对小十一说。

停了一会儿，又说：

“我是想看看你大姨夫在不在那里面。”

“大姨夫在不在那里面?”小十一说。

“不在。”

二〇〇四年八月十日

夜晚的顺序

夜色笼罩了这个年久的院落以后，屋檐下传来了晚归燕子叽叽啾啾的声音。她从一只油漆剥落的红木抽屉里取出一只手电筒，临出门时，对我说，你先坐着，我去看看它们都回来了没有。这以后，没有灯光的堂屋里便响起了她的脚步声，垂挂在门上的一幅花布门帘在她走后还一直轻轻拂动着。

屋里的格局使我倍感亲切。

透过窗户，我看见她在院子里的一个土堆上踮起两只脚，她的镶有白边的黑色布鞋此时只剩下了那几道白边，其余的都看不清，漆黑一团，一道黄色的手电的圆光从她的手中传出，一直射向了屋檐下的一个泥草筑成的燕窝。夜风吹动她的头发和衣衫，拂动着的叠影占据了我的视线。仰望夜晚呢喃温馨的燕窝和黑色剪影似的屋檐，我看见她的口中正独自喃喃地说着一些什么。隔着窗户，从屋里到院中，一段不太长的距离和一道薄脆的玻璃使我无法听清她的言语。

回到屋里后，她将手电筒立到了我的旁边。显现在她脸上的一种如释重负的神情使她忘记了那束橙黄的圆形光芒。我按灭了还一直亮着的手电光，将手电筒拿在手里，它使我想起了从前的那些夜间巡逻和护秋看场的遥远的日子。就是这只斑痕累累的手电筒，它曾与我形影相伴，一起度过了昔日的无数个燥热而平静的、漆黑而寒冷的山区之夜。它曾照见过山区里数不清的阴谋诡计和大大小小的秘密的真相，它的圆柱形的光芒曾使一些脸汗颜而恼羞成怒，使另一些脸躲闪不及而无地自容。它曾使一些负重的身体在风声鹤唳的玉米地里仓皇逃遁，使另一些身体僵硬无比地悬吊于一些苍老的枯树上。它照亮过深巷中窗纸纷乱的土皮窑洞，也照亮过黑影幢幢的乡村打谷场。暗夜里女人和孩子的哭声曾使它的光芒变得忽明忽暗，斑驳而迷离。

都回来了。她说。

你是说那些燕子？我问道。

她说，你别小看它们，可淘气了，就像几个孩子一样，我不操心就不行。

她开始舀水、淘米、洗菜、剥葱，她的从未生育过孩子的身影穿插在这一系列的动作之中。她放下手中的菜刀，拎起了坛子，她的熟练操作的过程展示在我的视线里，使我产生了一种强烈的寄托和依赖，我感到从前的那种遥远而温馨的睡意正在明晰可触地向我袭来，由此而来的情绪变得越来越浓。

你的孩子几岁了？

她从几片蔬菜叶子间抬起头问我。

七岁。我说。

还吃奶不？她又问。

我说，这会儿还吃奶？都上小学一年级了，没听说七岁的孩子还吃奶。

她没有说话，盆里的水被她的两只手搅得稀里哗啦的。她的头发的样式与从前相比有一点儿变化，但也不是很大，看到那种熟悉的式样，便不由使人回想起过去的时光和记忆，以及诸多的特征。许多的人都能回忆起从前的那种令人忧伤而感叹的东西，许多的事物都像软硬不定的物质一样。

她将几片黄绿的菜叶从水盆里捞出来后托在手掌上，不声不响地望着我。

她是我的嫂子。

我望着眼前的这个红颜即将消逝的女人，这个事实像某种无意间回想起来的往事一样，在这一瞬间突然侵入了我的记忆之中。菜叶与零零星星的水珠穿过她的手指滴答滴答地重新落回到水盆里。

你们公家的人说起话来总是那么有理，你忘了你吃奶吃到几岁了？她说。

没忘。我说。

几岁来着？

九岁。

我想起了我那早已作古风化为黄土的母亲，她从前艰辛而忙碌的身影常使我彻夜难眠。我下面的弟弟在出生三个月之后便遭夭亡，从此我吃母亲的奶一直吃到九岁——我上小学二年级的时候。那时候她刚被娶过门不久。她日常里对我的羞臊和母亲随之而来的一场大病使我彻底告别了吃奶的岁月。

对于往事的回忆常使我感到负债累累，难以自拔。现在，夜风将一阵牛的叫声从某一个牛栏里远远地送来，深巷对面灰色屋顶上的晚炊早已随风飘去，屋顶上和墙头下丛生的茅草中传来了蛐蛐的尖叫声。

想孩子了？

她问我。我的那种状态和情形引起了她的注意。她从来就是一个细心的女人。

没有。我说。

那就吃饭吧。她说。

她从另一间堆放杂物的房子里拎回了一张落满尘土和蛛网的小方桌，摆在了铺有绿色漆布的炕上。她边用抹布擦着桌子，边对我说，看看，木头快变成土了，我平时一个人吃饭从来想不起用它。

我无言地朝她笑笑。我的手抚摸着这张十几年前的小方桌，桌面上纵横奔放的木头花纹使我的记忆陷入一种混乱和无序之中。曾经有无数个清贫而无忧的白日和夜晚，我们一群孩子就在这张小小的方桌上下棋、“拉毛驴”“捉皇帝”。吃饭的时候，我就看见哥哥和嫂子围着它相视而坐，举案齐眉。时光就在那样的氛围和格局里一点一点地消逝了，一寸一寸地悄悄地远去了。

她将饭菜和碗筷在桌子上摆好以后，又一次转身走进了那间堆放杂物的房子里。不一会儿，她拎着一瓶酒过来了。

喝酒不？她问我。

不喝。我说。

喝一点儿吧，多少年都不回来一次，嫂子陪你，咱们三个人一起喝。她说。

我问她，还有谁？

你哥么。还能有谁。她说。

我此刻才看见摆在桌子另一端的那只白瓷的空酒杯，它像一朵雪白的牵牛花一样使我的目光变得疼痛而生涩，它的苍白的颜色使人想起了生命中常见的某种状态和意义。

先给他满上。

她说着，慢慢地将瓶子里的酒丝丝缕缕地注入那只雪白的空酒杯里。酒从杯子的边沿溢到桌子上的时候，她轻轻地呀了一声。接下来，她为我和她自己每人满了一杯。

他可不行。

我望着那只白酒杯说道。

让他一个人慢慢呷着。她说。

他从来不喝酒。我说。

我想起了小时候，有一次哥哥去参加别人的婚宴，他只喝了一杯酒，之后便东倒西歪地被两个人扶了回来，他在家里连续昏睡了两天，家里的人都以为他病了。

你还记得他的样子吗？别人都说他的性格像一张牛皮。她小声地说道。

哥哥生前是一位木匠，偷偷摸摸砍凿和制作木器的经历几乎使他变成了一个形迹可疑的人。这只小方桌就是他在十几年前的一个夜深人静的午夜时分偷偷摸摸地制造出来的。不太光滑的桌面和慌乱中错位了的桌腿曾一度使他万念俱灰，时常在夜半三更之时被一些带有触角和尾巴的噩梦所惊醒。他常在弹拨墨线的时候会突然间被突如其来的风吹倒在地，像一件衣服一样久久没有任何动静。他的眩晕和中风的毛病几乎人所尽知。平日里他总是远离着那些木头及其有关的制作工具。他远远地望着那些东西，就像若无其事地望见了一堆土、一朵云、一摊水。对于草木或门窗的单一的欣赏，使他逐渐淡忘了那些铮然有声、闪闪发亮的劳动工具和疏朗紧密的劳动过程。

当我微醺后一次又一次地将潮湿的脸深伏在那张小方桌上时，我仿佛听到了昔日里他的叮叮当当的砍伐声，他的脸在粗糙而密集的木纹里变得虚浮而扁平，咸涩的汗水使他的斧子不断地生锈，锯条戛然断裂。平地乍起的风吹动了沉默的木头，木头沉闷地滚动起来，压断了他的双腿和目光。

我的脸从桌面上粗疏的木纹中抬起来。深长而辛辣的酒力使很久以前的那种红晕和光彩重新出现在她的脸上。窗外的树影被风吹响，渐渐地向窗前纷纷扬扬地逼来。

她对我说，你要好好地疼你的孩子，不要骂他，不要打他，他是你们家唯一的香火和骨血。我对不住他，没有给他给你们家留下一根苗子，一炷香火。

我望着她几十年来依然单薄依然苗条的身影。她天生不育，从她嫁过来的那些年开始，我们周围的男人和女人都在背地里没少议论过她，还有人给她起了外号。一开始她不知道那种称号的性质和意义，后来便明白是专指那些先天不育的女人或男人。一开始她无法接受那渐渐向她逼来的一切，经常生气、失眠，有时还与那些咒她的人持久地论战。随着时光的流逝，到后来她一切都默认了，也不怎么在乎了，有时还甚至觉得那是自己的另外一个名字，是众人所赋予的。有很长一段时期，她不再怨恨那些曾对她说三道四的街坊邻里，她生是这里的人，死是这里的鬼，别人非要送给你一个名号，那就让他们送好了，她知道人的一辈子要接受许多突如其来的意料之中和意料之外的各种符号和形形色色的角色。不过，也仅仅就是几年以后，就再没有人说什么了，一切都平静安稳了下来。

花布的门帘在深长的酒气中微微地鼓荡着，它拂动的状态和情形使你怀疑在那帘子的后面一直站着一个人，有一双谛听的耳朵已在不知不觉中竖立了许久，一只秘密窥视的眼睛里贮满了黑夜的颜色。

我注视着屋里的那些里面盛放着粮食和水的粗圆的瓷瓮，以及那些大大小小的被安放在各自位置上的坛子和罐子，它们的姿态各异的形体和色调在这空寂漆黑的夜晚里迸发出诸多幽暗的光晕，我闻到了从这些瓷质器皿上散发出来的清水的气味和红色陶土的腥味。窗外栽种着三五簇黄、白、紫、粉的菊花，一有风吹来，屋里便飘满了花香。

我实在不能再喝了。我说。

你们兄弟都一样。她说。不喝酒的人也好，免得惹是生非。

她给我盛了饭。之后，端来一碟她自己腌的咸豆角，由于时间和盐水的作用。当初碧绿的豆角已呈青色，像一种草药。

我想起了小的时候，我们学校里有一个不爱学习的男孩子，时常在衣兜里揣着几个沾满了尘土和杂质的青褐色的咸豆角。他上课时悄悄地嚼着，下课后也吃。无论是男生还是女生，谁要是帮他完成他的作业，他便用一只乌黑的手从衣兜里掏出一个咸豆角给那个人，算是一种报答或交换。那时候，我们很多的人都渴望得到那样的一个咸豆角。当我们望着他在课堂上咀嚼豆角的情形时，我们的口中似乎都充满了那种咸涩的陈年的盐水。

贵生现在怎么样？我问她。贵生就是昔日的那个时常拥有咸豆角的孩子。

死了。她说。

她告诉我说，贵生是被他的叔伯兄弟用铁锨劈死的，鲜血溅到了门楼上，致使那门楼的附近几日内苍蝇云集，腥气不散。每到夜里还有一种怪里怪气的响声，村里的人们都不敢从那门楼前面经过。贵生和他的叔伯兄弟两家因为院墙和房基的事闹了起来，叔伯兄弟用雷管摧毁了贵生新筑的雕梁画栋的门楼，贵生因此将叔伯兄弟房上的瓦揭起，露出了斑斑驳驳的泥土的屋脊。之后，叔伯兄弟又用事先埋设好的捕鼠夹子弄死了贵生的一头三百斤重的猪，并将猪血和猪粪均匀地泼洒到贵生的门窗上和院子里。其时，贵生正在吃饭，突如其来的猪血和猪粪在他的头顶和身边四处散开，使他久久没有回过神来。贵生望着饭碗里飘起的血红的油汁，他怀疑自己是在做梦。院子里灿烂而低垂的现象使他想到了那些昏暗的毫无生气的菊花和喇叭花残败萎缩时的种种情形。接下来是一个闷热而安静得有些非常的午后，坐在树下，能清晰地望见水波似的热空气在村庄里和远处的山岭之间轻轻流动。贵生在这个闷热而宁静的午后轻而易举地夷平了叔伯兄弟的两亩菜地。村庄里安静的气氛给了他某种启示，他在干活儿时几乎一点儿声音也没有发出来，一切的动作和过程都悄无声息，令人有些昏昏欲睡。在面粉一样的阳光里，满地的绿菜在不久之后便都像一堆等待烘烤的烟叶一样变得疲软枯瘪，奄奄一息地贴在了地皮上。

接下来便到了晚上，四野如铅，雨前的天空和大地阴暗而潮湿。晚些的时候，夜幕笼罩了村庄，沉闷的空气使远近的一些狗发出了种种蹊跷而焦躁不安的叫声。当贵生走近自己破损的门楼下时，一阵风袭击了他的目光，早在黑暗中埋伏多时的叔伯兄弟站在了他的对面，夜色使原本就视力偏下的贵生无法看清叔伯兄弟的四肢和脸上的表情。

你手上拿的是什么？贵生说。

武器。

贵生在黑暗中笑了一下，他感到叔伯兄弟的玩笑开得有些过火，毫无真实性可言，令三岁的顽童都难以置信。

你算什么东西，你也能弄到武器。贵生说。

老祖宗念你从小忠孝，几次想招你去，我就是来送你上路的，叔伯兄弟说。

你算个什么东西呢，要走我自己会走，不用你送。贵生说。

你该动身了。

叔伯兄弟的铁锹在贵生的头上散开以后，叔伯兄弟感到自己岔了一口气，腰里疼痛起来，如同扭伤后的那种感觉。

我岔了气了。

这是叔伯兄弟在村庄里说的最后一句话。在他被执法人员带走之前，他再没有说过一句话，只是不住地用手捶打着腰。

我岔了气了？这是什么意思呢？

我问她。

鬼才知道是什么意思，也许有意思，他抡起铁锹的那时候岔了气。她说道。

我想起来了，你说的那种怪里怪气的响动是不是贵生的女人的哭声？我说。

她说，一开始我们都这样以为，男人死了，女人哪有个不哭的，可是后来……

她说到这里的时候，忽然停顿了一下。这时，我听见从黑暗狭窄的村巷里飘来一只猫的叫声，声音像一个要奶吃的婴儿。

又是这个东西，一到天黑就来了。她皱着眉头说道。

你是说那只猫？

她说，不知从哪儿跑来的这个东西，每到天黑以后就在外面叫，我常常被它弄得整夜整夜地睡不着。

这附近还有别的猫吗？我问她。

有四五家都养着。她说。

我忽然想起现在的季节正是八月秋高之时，从前每逢这个季节，村里村外的白杨树叶子常在日落时的风中哗啦哗啦地响着，万类霜天，一些柔软的易燃易碎的物质常沿着失修的路基和倾斜的地势缓缓飞行。

她说，那只猫天亮以后就不见了，无论你怎么找也看不见它的身影了，连那种声音也没有了，可一到晚上它就又出来了。

一只黑猫？遍体漆黑如炭？我说。

她说，谁知道呢，青红皂白都不重要，关键是它的那种声音听了叫人心里麻烦，不能踏实，没有着落，总觉得外面有个事。

我抬起头，目光落在门框的上方。那上面静静地躺着一本厚厚的线装的古书，书上落满了灰尘。我小的时候见过这本书，是她从她的娘家嫁过来时带来的。书有两块砖头那么厚，书页又黄又酥，散发着一股木头和檀香的气味。书中的字我一个也不认识。书的表皮是麻质的硬壳，深蓝色的，敲上去只听见当当地响，发出一种十分硬朗的声音。书脊上和开口处斜插着几支黄色的小竹签。只要将那几支竹签一一地抽出，书就打开了。

从小就知道那是用来辟邪的。

我的目光从门楣上移开。

这么半天，她哪里也没去，但是她坐在那里，却像是刚刚才从一个很远的地方回来。她的头发，身上的衣服，都像极了刚刚从外面回来的样子。

她的神情使我再次将那本尘封多年的古老的线装书打量了一阵。

管用吗？我说。

她看了我一眼，将一壶烧开了的水从灶上提开，往一个白瓷茶缸里倒水。我看见她的手臂有些轻微地抖动，有一些水正溅落到灶台上。她一边倒水，一边在嘴里吁吁地吹着气，沸腾的水气使她的面孔变得又红又热。

她说，谁知道呢，也许管用，也许一点儿作用也没有。

她告诉我说，上个月的一天，有一个来村里挨门挨户收购旧钢笔和旧手表的外乡人发现了她门框上的那部酥黄的线装书，那人大妈大嫂地缠磨了她好半天，想买走那书。她没答应，她说你要是再不走，我就去喊村主任了，这才把那个尖嘴猴腮的人给轰走了。

你不知道他说的话有多气人。她说。

他说什么？

他说现在的世界上，除了人以外，什么东西都是越老越值钱。

我告诉她说，这种偷鸡摸狗的人现在很多，千万不要搭理他们。他们就像是夏天里的麦芽糖一样，黏到手上就不容易剥下来。

真让你说准了，他说他过些天还要来，他非要买这本书。我不知道该怎么办，要不然你走的时候就带去吧。她说。

我不能带，你一个人生活，还是你留着好。我说。

她有些焦虑不安地说道，可是那个人再来了我该怎么办？

你把书藏起来，他问时，你就说书卖给别人了，或者说让人偷了，要不就干脆说把书上交给政府了。我说。

他能信我的话吗？

她依然半信半疑，忧心忡忡地问道。

你就这样对他说，信不信由他，这不关你的事，他总不至于像过去的土匪。我说。

到时候我就这样说。她高兴了。

她的笑容有如平静而清澈的水纹，无声无息。从前她可不是这样的。从前她的笑容里总是带着清脆明亮的响声，我太熟悉那种声音了，它曾无数次地感染过我，触动过我，以致使我的一生都养成了那种习惯于依赖和寄托的软弱的情感。我想起了我的赤日炎炎的童年岁月和大雪纷飞的过去时光。那时候，每逢她一个人有事回她的娘家去，她便总要带我一同上路。她的娘家住在一个名叫南塬的村子里，村庄内外众多的杏树和桃树常常使人在走进村口时还看不见村中的一间房屋、一道土垣。二十里山路上密布着庄稼和繁茂的草木，寥寥的几条水溪穿插在其中，沿路上有青绿如水的麦田，红砖的古塔，碗状的圆形山冈，水塘旁酣睡的牧人一双赤脚由草丛里伸出。

田野里耕作的牛不走了。

扶犁的人挥起了鞭子。

她的娘家住着三孔低矮年久的黄土的窑洞，窑前和窑后都栽种着杏树和榆树，雪白的杏花四处飘舞。窑洞里的土炕上终年都摆着一张褐色的小方桌，桌上有灰暗的水烟袋和同样颜色的磕烟灰用的木头盒子。有上面插有竹筷的挠痒痒用的玉米棒子，有穿鞋时才能派上用场的舌头状的金光闪闪的铜质的鞋溜子，有用面汤浆洗过的硬朗坚挺的黑色的中式裤褂。有棕黄色的光滑可鉴的梨木梳子，有手工做的雪白的馒头状的白土和猪油混合制成的洗手用的猪胰子……无论何时进门，都会望见两个穿黑衣服的老人弓曲着腰，将各自的头伏在土炕上艰难地喘息，咳嗽。她的爹娘都六十多岁了，都患有严重的哮喘病。我一直记着她的母亲，那个面色苍白的老太太，家里的空荡荡的坛子和罐子常使她在生人面前抬不起头来，尴尬而不能自拔。每次我来后，她便吩咐她的闺女给我炒一碗扁豆或豌豆吃。遇到家里没有时，便会端一只碗出去向别人借。我吃着热烫而红润的扁豆，常听她在耳边絮絮叨叨。她说，你是我们的小客人，只要你不哭不想家就是个好客人。炒扁豆多好吃啊，过去连地主老财都舍不得这样吃。

一阵冗长而缓慢的蛙鸣之声从夜晚的河边飘起来。潮湿的蛙声中我似乎看见了它们水淋淋的形体以及披挂在它们四肢上的那种柔软而滑腻的绿衣。夜风吹动粼粼的河水，亮闪闪的飞蛾在河边摇曳的草丛里往复飞行。

她将那只上面印有一个红色“奖”字的白瓷茶缸送给我，我慢慢地喝着水。“奖”字下面的一行用红笔书写的“ＸＸＸ革命委员会”的字样依然清晰可辨。只是具体的年月日剥落后变得十分模糊不清了，只剩下了几个红色的斑痕。滚烫的热水使那几个字散发出了最初的那种红油漆的原有的气味。

这茶缸是哪一年发的？我问她。

应该还是那些年。她说。

她说话的时候，神情里涌现出一种由来已久的浮泛和疲倦。多年的寡居生活使她从前白皙明朗的脸上出现了一些隐隐约约的褐色雀斑，但她要比我临回来前所想象的还年轻一些，也不像我所想象的那样苍老迟钝。我不知道她这些年都是怎么过来的。有好几年，我几乎完全忘记了我还有一位嫂子，她独自在我的出生之地无声无息地生活着。

你临走前帮我把那个缸搬一下。她说。

她的这句话是想了好久以后才终于吞吞吐吐地说出来的。说过之后，我看见她长长地吁了一口气，仿佛卸掉了一种令她沉重而难堪的东西。这以后，她的手指就不住地摆弄着自己的衣襟，发出轻微的窸窸窣窣的声音。她的粗糙的手指弄痛了我的目光和记忆，已远非从前那样修直和光洁。

哪个缸？

腌菜的那个。

没问题，一会儿想搬就能搬。

不着急，等你走的时候再说。

还有什么？那只猫？

那你别管，那不是个事。一个村里还能没个猫？

只要它出现了，我就想办法弄死它，至少也得把它赶出村外。我说。

她听了我的话，急忙说道，别，别弄死，把它吓跑就行了。

她说话的同时，她衣服上的一边圆圆的纽扣脱落到她的手里。

我望着她——我的嫂子，忽然想起她曾经还当过几天妇女主任，昔日的神采照人，从前的那种英姿飒爽的精神如今在她的身上早已荡然无存了，看不出丝毫的痕迹和遗韵，而促使她成为妇女主任的原因和过程更令人难以置信。

仿佛也是这样的一个漆黑而宁静的八月的夜晚，一位孤独寂寞的下乡干部在目送着一队斜挎着手电筒的巡逻的民兵消失在苍茫的夜色里之后，一个人躺在山区的滚烫的如火如荼的土炕上面对着漫漫的长夜。下乡干部一边咝咝地吸着烟，一边信手翻阅着一本厚重的乡村户口簿。那上面分别记载着全村人的姓氏和生卒年月以及家庭成员和一部分简单的背景。屋子里昏暗的灯光和户口簿上歪歪扭扭的几近难以辨认的字迹使下乡干部产生了强烈的睡意。他昏昏沉沉地翻看着一些背景简单而人员复杂的家庭，疾病导致的死亡和解体的现象使他在昏睡之余接二连三地睁大了惺忪的睡眼。结婚，离婚，迁入，迁出，死亡，注销，一些女性的名字在粗枝大叶的记录中不断地地出现，又不断地消失。

夜晚的时光循序渐进，徐徐而行。有一天，突如其来地他看见一个身材高挑的女人正指挥着另外几个女人薅谷子，把一个原本混乱的局面调理得井然有序。地头边的那个干净利落的女人婚后由南塬村迁来，她念过中学，家庭出身贫农，本人成分学生。她的丈夫是一名木匠，这位有手艺的户主也出身于贫农阶级。下乡干部抚弄着卷了毛边的乡村户口簿，农业社会里的种种情形使他的目光变得清澈而透明。他感到自己有些口渴，但视线之内却看不到一把水壶、一只水碗。八月的秋风刮进窗户，吹落了他头上的帽子。

我想起了那位面孔红润、身材魁梧的名叫陈满囤的下乡干部，他的一口浓重而洪亮的河南腔常使晋北山区的农民们感到陌生而畏怯，难以理解。他参加过多年以前的朝鲜战争，小腿肚子里至今还留有一块弹片。他的几个孩子分别起名叫援朝、抗美和江生，一年四季总穿一件洗得发白的军便服。

当陈满囤用洪亮如钟的河南腔在山区的社员大会上宣布我的嫂子为村里的妇女主任时，在场的人们都为之愕然，他们觉得像是在做梦，他们一时间都以为台上不是在开会，而是在演戏。他们误将会场认作了剧场。每个人仿佛都置身于情节曲折、悬念迭出的戏中。陌生的细节和变幻不定的场景使他们感到有些力不从心，难以适应。而随之到来的一场人山人海的农田基本建设大会战又使他们在转瞬之间忘记了一切。他们携带着高寒地区的干粮和水以及毛已脱落的羊皮褥子，山梁上飞扬的尘土时常将彻夜不熄的灯火一次次地扑灭。黑暗中的模糊的人语简短而不加任何修饰，贫乏的方言从一些热烘烘的嘴里出来，像一只只初生的裸露的鸟。

秋冬两季的大风常使推车运土的人的行进变得困难而吃力，他们腰间扎着草绳，棉帽子的两只帽耳在风中摇晃。几个社员常在工地的某一个角落里修理被风和土毁坏了的独轮车。他们把断裂后的木头把手用一道道铁丝重新连接起来，寒气从车身下频频穿过，不留情面地袭击着修车人的双手和目光，冷酷的气候和黏稠暗哑的黄油又常常使他们感到手足无措，无所适从，只能听任冰柱似的鼻涕越过嘴唇和门牙，落在下巴的胡须上，或滴到胶盖上。他们将双手插在袖筒里并抱在胸前，很长时间才想起抬起袖子擦一下鼻子和胡须。

在白昼与夜晚交替的一些空隙里，他们看见身材瘦小的宣传干事将一只帽子虚掩在头顶上，双手来回倒替着拍着响亮的巴掌，正在指挥民兵们排练节目，咚咚锵锵的锣鼓声使大多数的人精神为之抖擞，使少数的人昏昏欲睡，身心倦慵。他们用一缕一缕的头发代替胡须，用种种不同的表情和姿势暗示各种各样的道具和对象，在草草设计的场景里粉墨登场，鱼贯而行。凄厉的北风时常将他们头上的象征着善良和劳苦的白毛巾刮得不翼而飞。冬日的尘土从人群的空隙之间穿过，以灰色帆布为背景的节目内容在寒夜里哗哗作响，经久不息。面对许多虚设的情节和与生活状况毫无联系之处的舞台动作和语言，他们感到这的确是在演戏，像与不像都无关紧要，重要的是使时光能够在寒风中悄悄地逝去，永不再回来。大家都不在乎语言的长短和唱腔的好歹，只要有滑稽的扮相和出人意料的动作时时穿插在如泣如诉的胡琴声中便足够了。夜总算没有白熬，酸楚的目光在回首的过程中得到了抚慰和休养，毕竟看到了死去的人无法看到的东西，灯光下的故事和场景又常使他们感到活着是不容易的，总有许多的窟窿和漏洞令人无能为力。

晚些时候，一阵由远而近的渐渐清晰起来的脚步声从窗外传来。黑暗中的脚步声出现在院里的时候，我和她都不再说话了，都听到了那种声音。她看看我，又看看窗外，外面一片漆黑。那种平凡而琐碎的脚步声使我感到来人的脚上穿着一双布鞋，就是乡间的人们时常穿着的那种质地和式样的鞋子。

来人没有进屋。

窗户上的一孔玻璃轻轻地响了一下，我知道来人此刻正将一张脸抵在窗户上向屋里看。我太熟悉这种动静和古老的习惯了，多少年来，无数的人都沿袭着这同一种方式。他们有事来找你，或无事来闲坐，事先总要先趴在窗户上向里面看一下，然后才决定进来或不进来。这种时候，探望者的五官便一齐挤压在玻璃上，变得又扁又可怕，有一种十分扭曲夸张的效果。我小时候有一次发高烧，在一个夕阳西下的黄昏时分，我躺在炕上忽然看见家里的窗户上出现了一张苍老的密布着皱纹和麻子的脸，一缕灰白的头发在风中缓缓地飘扬着。尽管我后来知道那是巷子尽头的徐奶奶，她来找我的母亲给她剪鞋样子，但我还是一连做了几天的噩梦。梦中的那个小脚的老太太总是像一个纸人一样在昏暗的村巷里飘来飘去，无声无息地留下一种火烤木头的呛人的气息。到如今，每当无端地想起那个遥远的夕阳西下的黄昏时分，想起窗玻璃后面的那张扭曲了的老脸时，我仍然感到浑身发冷。

灯光虽然有些昏暗，但也足以使人能够从外面看见屋里的一切，而屋里的灯光和外面的夜色却使我一直无法看见窗户上的那张脸，明暗的悬殊令人不安。

不久之后，那张脸便从窗户上移开。随着来时的那种窸窸窣窣的脚步声向远处走去。我听见那双布鞋在黑暗中碰到了一些石头和马粪，接着又踩在了一些落叶的上面，发出了一阵轻微的沙沙沙的响声。

谁？我问她。

没看清，好像是连生。她说。

哪个连生？放羊的那个？我说。

村子里有两个连生。一个粉红色面孔的姓王，以放羊为生；另一个叫赵连生，矮个子，是一个木匠。

好像是赵连生。她说。

她的话使我的目光变得短浅而毫无任何的见识，我不知道赵连生为什么没有进来，我不相信他会在这样的一个漆黑的夜晚里无所事事地四处游荡。他是乡村里的那种有心计的能人之一，他的一招一式，任何一个举动或表示，其中都包含着他的某种意图和目的。在我粗浅的印象里，赵连生是一个十分勤劳的人，他早年常在山上偷偷摸摸地砍柴，他依靠卖柴火使他的家庭优裕于村中任何别的家庭，他的女人在那种环境中养得白白胖胖的。他用卖柴火得来的钱在老房子的基础上盖了三间新瓦房，院子里也铺着青砖。那时候乡村里的人家还没有画炕围的习俗，赵连生是方圆一带村子里第一个用油漆彩绘炕围的人。两名画工在他的瓦房里干了三天。画成之日，村子里大多数的人都拥进了赵连生的院里，他们看见赵连生的屋里用油漆画满了色彩鲜艳的风景画。线条起伏的湖水，湖中粉红色的人影和狭小的船只，岸边的柳絮和亭台，一切都使围观的村人感到新奇而美丽。炕壁上含苞怒放的硕大的花朵更使一些女人们流连忘返，陌生的风景和艳丽的油彩覆盖了她们的目光。数年之后，她们的这种目光被移植到山区层层叠叠的梯田里，变成了另外的一些东西。就是那些无法言明的东西，使昔日尘土飞扬的山梁无端地产生了一种灵气，产生了炎凉分明的温度和距离，产生了记忆和沉闷的回声，产生了难以消失的梦乡和呢喃如初的呓语。

有很多年了，昔日山梁上人欢马叫的繁忙景象早已荡然无存、声息皆无了，可每当月明风清的春夜或大雪封门的冬夜，有人从那些寂静而苍茫的山梁下走过时，时常会听到昔日里的那种尖利的吹哨子的声音和推土的声音，独轮车吱吱呀呀的响声使人想到有关的重量和距离，尖利的哨子声像鸟的尾巴一样窜入空中，消失在无边无际的风中。这种现象蹊跷而古怪，许多的人都由此认为山梁上时常闹鬼。年老的人则回忆说，很久以前的一支贩卖盐巴和布匹的驼队由此向西行进，冬季里的一场大风使他们的计划和行程受到了阻止，他们不得不停下来等待气候的转换。风沙过后，全队的人马忽然间荡然无存。有人在他们曾经休息过的石篱旁找到了几粒金属的纽扣，半只残损的算盘和一副镜片脱落的水晶石眼镜。此外，还发现了一片圆圆的比眼镜片略大一些的玻璃，捡到这块圆玻璃的人名叫石旺。那些年，我们经常看见石旺的儿子总将玻璃片揣在口袋里。天气炎热的时候，石旺的儿子便在地上放一团棉花或一张薄纸，然后将那片圆玻璃倾斜起来，一面对准天上的太阳，一面对准地上的棉花或薄纸，不一会儿工夫，玻璃下面便出现了烟雾，紧接着棉花也被点燃了。石旺发现这一奇妙的情况后，便将那玻璃视若珍宝，时时揣在自己的怀里。石旺常在地头边用它来点烟或点燃一堆篝火。那时候，山区里很多的人都十分羡慕石旺的那块神奇的玻璃，玻璃下面时常出现的那种无形的、来历不明的火使人们感到难以理解，山区里大人小孩都把那片形迹可疑的圆玻璃叫作“火镜”，有人甚至怀疑说很有可能是一面照妖镜、一面失散多年的古代时期的照妖镜。他们说普通的玻璃片你就是敲碎它、砸烂它，它也不会冒起烟发出火来。这件事情使许多的人都曾陷入过深深的冥想之中。“火镜”的出现使山区里的一部分有心人在一段时期走路时总是低着头，两只眼睛四处扫来扫去，他们都估计能发现一点儿什么类似“火镜”一类的罕见之物。民间是广阔无限的，在民间的大道或岔路上，经常有人会捡到一些东西。有值钱的宝贝，也有不值钱的破烂，有平淡无奇的日常生活用品，也有陌生而罕见的古怪之物。在民间，那种古怪之物有时会被视为神的象征。葛家湾的一名铁匠在回家的路上捡到两块树皮，形状酷似菩萨的头像，回家后便供奉起来，逢年过节便率领一家老小烧香跪拜。很久以后他才知道那是小孩们游戏时用小刀雕成的两只树皮的面具，是用来装神弄鬼吓唬对方的。

夜晚里常常出现的那种昔日的尖利的哨子声和推土声使山梁四周的人迹越来越少，许多曾经亲自聆听过那种声音的人都把各自的经验延续成一个又一个的噩梦，他们三更天才能昏昏入睡，天不亮的时候便又会突然醒来。时远时近的用铁锹拍土的声音使他们彻夜不得安宁，独轮车的声音一直到天亮时方才渐渐消失。梦中的花头巾和黑棉袄像古怪的飞鸟或云彩一样在昔日的山梁上飞来飘去。土墙下的篝火熊熊燃烧，里面烘烤着半熟的土豆和昨夜的干粮，火光映照着一张张昔日的脸，溅起溅落的火星总是像声声叹息一样转瞬即逝。

真有那样的事情？我问她。

她说，我听他们说过，说得有鼻子有眼的。我从不到那一带去，我的几亩地在河川对面，那是平地，浇水很方便。

那梁上经常冒烟，看样子好像有一个石灰窑。我说。

她看了我一眼，说，是有一个石灰窑。

早些时候，在太阳落山之时，一些黑色的人影无声无息地出没在石灰窑附近白色的烟雾里，被雨水洗过的一缕山地夕照使窑前凌乱的工具变得肃穆而久远。烟雾漫过工具上粗疏的纹路和闪光的断面，土布衣衫被风拂动，在烟雾中飘飘欲仙。附近树上的几个雀巢都笼罩在弥天的白雾中。

乡村的夜晚，漆黑、幽深，有时很久都听不到一点声音。也有的时候传来吱的一声，跟着窗户也发出响声，好像是附近谁家关门的声音。

你回来还习惯吗？她说。

她说话的时候将声音压得很低，好像我们之间在谈论一件秘密的事情。这时，我忽然看见了她的眼睛，我很吃惊。

还行，总归还是自己最熟悉的一个地方。我说。

不过也像是一碗饭。她说。

一碗饭？怎么讲？

放凉了呗。

我心里一惊，她说得真是准确，尽管是最最平常的一句话，最不起眼的一个比喻。我何尝不是，早有那样的一种感觉，感觉一切都已变得冰凉，却是一种空洞的大而无当的不适和冰凉，却没想到那最应该是一碗早已蒙满岁月的灰尘且又早已放凉了的饭。味道还是几十年前的那种味道，但已不再能够食用。

有一阵子，她没有说话。两只眼睛晶莹而沉静，像一个迟缓的失明的人那样一动不动地望窗外。她的眼神和表情使我想起了小时候看过的一个故事，故事中的那个女孩子被地主在眼睛里灌进了水银以后就是这种样子的，眼睛很亮，却一动不动，毫无变化。我想起那个穿着红衣裳的女孩子就是这样像一只标本一样端坐在灵柩的前面。

又有一阵，她忽然又絮絮叨叨地说着什么，她一定是看见了什么或想起了什么。我屏声静气地坐着，脑子里却极尽混乱，她的有些话我也并没有听清。暗夜里传来的一种支支吾吾的声响使我想起了村中的那些一扇一扇的旧门。时间的流逝和风雨的剥蚀使那些门日复一日地风化下去，干燥而艰涩的门轴在来回转动时便会发出种种奇怪的声音。

我决定出去看看。

就在那时，又听见附近人家的门在响，有人回来了，或者出去了。树在唰唰地响着，树枝间回荡着满满的风声。

它有时蹲在墙头上，有时就在房顶上或烟囱的后面。

她说。

给我电筒。

她将手电筒递给我。我在她一起一落的呼吸声中从炕上下来，起身向外屋走。我撩起屋门口的那道沉静如水的花布门帘，在我走至漆黑一团的堂屋里以后，我感到它仍在我的背后轻轻地拂动、飘扬。我拨亮了手电，松动而腐朽的门闩在狭窄的手电光圈里正在脱落，发出了一阵艰涩而含糊不清的声响。

院子里的风很凉，手电光在越过墙头以后就不再成为光了，变成了一种微弱的灰蒙蒙的东西。墙头上的草披风吹得东倒西歪，瑟瑟抖动。手电光在墙头上一寸一寸地移动着，并没有猫的踪迹和影子出现在光圈里。

墙头上只有一只破旧的布鞋。

手电光停留在那只鞋上。我看见那是一只针线脱落的手工缝制的布鞋，黑色的布面早已泛出灰色，鞋帮和鞋底上都绽开了裂缝和几个窟窿，这是那种早些年人们时常穿着的鞋。她也许是没有看见，也许看见了，却早已熟视无睹。我见过很多人家的墙头上都有类似的东西，一只鞋，一团乱麻，几块看不出本来面目的玻璃，一只被泥土覆盖了的手套，甚至一个卡在墙头上的马鞍子，一只死去多年的鸟。

我将那只鞋扔到墙外，风声减弱了它落地时的重量和声音。

院子里的格局和农具这时依然散发着一种浓浓的太阳的气息，这气息使我想起了白日里的乡村风光和劳作的情景。我看见我母亲当年时常默默推动着的那盘石碾此时依然泛着隐隐的青色。夜风吹不动沉重的石碾，只将碾盘上的尘土吹落，拂拭得干干净净。积落在磨道上的树叶发出簌簌的细响。

我站在院墙下，脚边碰响了一只瓦盆。黑暗中，我感到那只瓦盆是赭红色的，能发出一种清脆悦耳的声音。在已逝的那些岁月里，村上的人死了，死者的亲人便用它盛放燃烧的谷糠，披麻戴孝的人将瓦盆高高地举过头顶，在哭声中砰然落地。村人常用那种红瓦的碎片驱邪祛病，医治头痛或某些怪病。

夜晚的风声灌满了整条街道，沿街两边的门窗都在风中呱嗒呱嗒地响着。

狭窄的手电光跃上屋檐，在长满青草的屋顶上慢慢地移动，灰色的屋瓦和耸立的烟囱在无声无息的光线中依次闪现出来。那些瓦都旧得不能再旧了，在光线中呈现出一片灰蓝色的情调，瓦片上点落着一处处白色的鸟粪。烟囱上的一块用以指示风向的可以随意转动的砖头使我产生了强烈的上升的念头和微微的睡意。那时候，无论与谁家的孩子打了架，我们都会在夜深人静的时候抬着梯子，爬上他们的屋顶，用早已备好的石头或柴草将他们的烟囱塞满，堵得严严实实，滴水不漏。

屋顶上一片平静。

风中弥漫着土的气息和睡眠的气味。深蓝色的夜空和闪烁的星斗使我想起了一种印有白色碎花的老蓝土布。黑暗中，我听到有两个人说着话从外面的村巷里走过。两种声音和速度各不相同的脚步声在不久之后便分开向两个方向走去。他们分手的那个地方有一口井，井台四周的水迹使其中的一种脚步声显得烦躁不安而无可奈何，啪叽啪叽的踩水声持续了很久以后终于渐渐地消失了。

手电光从平静而黑暗的屋顶上滑下来，在它行将熄灭之前，照见了屋檐下的两只上面箍有铁圈的棕色木桶。

我的一只手在那只青色的石碾上停留了一下，它像深秋里的井水一样冰凉而光滑，早年间依附在上面的粮食的残骸早已被风吹净。使它又如最初一样成了一块纯粹的石头。我没有闻到丝毫的粮食的气息。

我重新回到屋里以后，她正一个人坐着，显出一种无所事事的样子。

看见了？她问道。

没有，外面风很大。我对她说。

我听错了。她说。

我听着你在外面没有动静，我就知道是没有。这两年，我总是出岔，不是听错了啥就是看错了啥。她说。

村里晚上真安静。我说。

她笑了，仿佛突然之间明白了什么。笑过后说，安静好吗？可见也不一定，好多人也并不都喜欢安静，要是喜欢，村里的人就会越来越多，不会越来越少。

突如其来的一阵孩子的哭声中断了她的话。哭声来自邻院，脆弱而无力。紧接着传来了女人尖厉的声音和男人瓮声瓮气的声音。

是亢龙家。她说。

我知道亢龙的两个孩子从出生以后就患了软骨病，不会走路。大一点儿的那个孩子到了上学的年龄以后，亢龙的女人每天背着去学校，放学时再去背回来，一年四季总是那样。上了几年学以后便不再上了，如今有十七八岁了。虽然身体仍像六七岁的孩子那样大，那样软，但嘴边已长起了毛茸茸的胡须。

白天的时候，我看见他嘴里叼着一支烟，在院里和几个孩子打扑克。我说。

别看身体不行，一点儿也不傻，聪明得很，算账比大人都灵，数钱的时候又快又准。还会说日本话。她说。

会日语？

会。经常看见他坐在窗户前叽里咕噜地说着，念着。

真是没想到。

我对他妈凤仙说，等你们一家人将来要去日本的时候，就不用愁了。凤仙说，还能有那样的时候，我们梦也没有梦过呢。

她告诉我说，那个小一点儿的孩子已经十二岁了，可成天卧在炕上，看上去像个一两岁的孩子，一点儿力气也没有，连一个苹果都拿不动。都没指望了。

每年过年的时候，亢龙都会放一大堆的鞭炮和礼花。她说。

是想驱邪，祛祛晦气呢。我说。

他们两口子快愁死了。她说。

没有找医生？

好几个大的地方都去过好几次了，都说治不好，没有用。

她十分忧愁地说着，神色有些凄然。这时那孩子早已不再哭了，微弱的气力和枯萎的骨肉使他的哭声无法持续多久。

人活着总是不能顺顺当当的，不是这方面不对，就是别的方面不对。她说。

没有万事如意的人。我说。

她听我这样说，抬起头看了我一下，她的神态看上去松懈而倦慵。

你也有麻烦事？她问我。

哪能没有。我说。

她苦笑了一下，笑得缓慢而十分拖沓。她说，日子过得真是快呀，当年那个小孩子也终于有了他自己的麻烦事。

还不是一般的麻烦。我说。

她说，哄我的吧？越说越没边儿了。有点儿麻烦事也就算了，还不是一般的麻烦。能有多麻烦？照你这么说，那些真正麻烦缠身的人就别活了。

我说，关键是看怎么对待。

不管啥事，都不要生气。我这些年就从来不因为哪一些事情生气，犯不着。她说。牵扯到自己的，气也没用，不牵扯自己的，气也是白气。

她说得很平静，这使我有些吃惊。她的这种姿态抵消了我的某些想法，使我一时间也像她那样变得浮泛而空洞，平静如水。夜晚里的一些尖利的触角从四面八方伸展出来，造成了无数不同的距离和空间，其间贮满了均匀的夜色。在一些网状的格局里，睡眠和荒草同生同灭，叹息常常使流水腐烂。

我想起了发生在从前的一部分人与人之间的对话，沉逝的日子使其中的内容早已荡然无存，谈话的双方有的早已死去，只剩下了一种空洞无物的视线，只剩下了一种并不存在的距离。那些日子里，关于她和那位下乡干部陈满囤之间的种种流言在村子里四处涌动，许多的人总是时时刻刻用眼睛盯着她的裤带和四肢，盯着面孔红润、虎背熊腰的下乡干部陈满囤。陈满囤的几个肥胖的手指常常使周围的那些人疑虑丛生，提心吊胆。一个夏日的午后，哥哥看见陈满囤赤条条地从水库里洗澡出来。陈满囤爬上岸以后，阳光正照耀着他身上金色的汗毛，粉红色的身体使哥哥感到无比刺眼和压抑。这位昔日的木匠，有时一连几天都不说一句话，他仿佛早已忘记了说话，与此有关的表达的功能也正在日渐丧失。他的木匠工具大部分都被尘封在从前的一间布满蛛网的空闲的房子里，与一堆废弃的锣鼓和铜号堆放在一起。乡村的灰尘密封了他的情同手足的工具，也密封了他的目光和全部的记忆。他日日蜷缩在工地上的一个角落里，没完没了地修理被风和土毁坏了的各种农具。对于斧子和锯条的使用方法及其过程，他感到无比陌生而力不从心。他甚至忘记了墨线的正确画法和卯榫的原理及用途。许多的事物都使他说话的功能日渐衰退。有一段时间，除了他自己的两只脚以外，他几乎再看不见任何的一种东西。他的两只眼睛里每天都空荡荡的。有一天半夜时分，工地上静下来以后，他忽然听到从自己的身体内部传来了一阵叮叮当当的斧凿之声，这声音使他很快便眩晕了过去。不久之后，一阵粗浊的锯木的声音又将他重新惊醒，他闻到了一种潮湿的带有腥甜气味的木头的味道，那是松油的味道，木头被锯开以后的棕黄色的和雪白的景象。工地上的灯火寂静如初，劳作了整整一天的人们早已睡去，众多的工具都异常凌乱地散落在四周。许多的工具上已经十分潮湿了，都挂上了均匀不等的水珠。一盏昏昏沉沉的夜灯下面扔着几件破烂不堪的老羊皮袄，遭虫蛀过的陈旧的羊毛在夜风中轻佻而忘形，纷纷扬扬，四处飘舞。它们得意而忘形，忘记了自己原来只不过是一撮撮散发着此地气味的羊毛，它们都以为自己是引人注目的花瓣或蝴蝶。冥想中的一声婴儿的啼哭划破了初冬时节的山区夜空。

他丢下了尚未修理完的几件农具，躬身窜入一辆独轮车的下面，山梁上渐渐渗出来的一处处殷红的血迹使他想到了一些类似夺命的场面。四周空无一人，但到处似乎都晃动着若隐若现的人影和一些似是而非的声音。他的目光在层次分明、重重叠叠的梯田之间盲目而行，如一名跛腿的老人。风沙和农田的阻隔使他的行进变得困难而吃力，早年间那种无师自通的灵秀之气早已离他远去，踪迹难觅了。就在那天午后，一名不知从哪里来的偷偷地出来做活儿挣钱的木匠被抓获，各种工具铁证如山地堆积在一起，满头大汗的木匠从主家的两只水瓮之间的空隙处被抓住、被起获，耗子一样浑身颤抖不止。主家的男人背着他那个尚未完工的柜子到农田水利建设的工地现场去展览，展览过后，柜子被当场没收，用斧子劈烂。

北风呼啸着从冰凉的土地上刮过，一个弯腰铲土的人被风突然吹倒在地。

他远远地望见了她的乌黑的剪发，一条印有红字的白毛巾在她的手中迎风飘扬。她举着灰色的喇叭到处喊话，激烈的言辞在风中四散而去。她走到一架独轮车旁，用脚踢醒了一个正在装睡的剃着光头的人。光头像一只灰色的蚂蚱一样从地上跳起来躲到她的身后。北风追逐着挖土的人群，许多人丢弃了手里的工具，惊慌失措地向一些深深的壕沟中逃去。他们奔跑在灰蒙蒙的山上，像一群黑色的山羊，像纷纷滚落的石头或炭。

她的一系列猛烈而生硬的动作使他感到难以理解。从此以后，他养成了一种不懂装懂的不良习惯，渐渐形成的陌生的品行使他在观看她奔跑时感到了一种强烈的快意。昔日里一切的秘密都早已不复存在了，几乎所有的人都知道在她的大腿的内侧有一颗黑痣，状如一粒饱满成热的小麦。每当用手指抚摸或按动那颗黑痣时，她便会在突然之间变得昏昏沉沉，产生出强烈的难以抵御的睡意。如火如荼的日子使她的两只眼睛下面时常有一道阴影，这使她显得老成而干练，稳健之中可以让人产生极大的信赖和依附之情。一个夜晚，又一个夜晚，她总是通宵达旦地工作到第二日天明。灰蒙蒙的山区晨光对她并不重要。

挖土的人都已疲倦了，他们将各自的工具挂在胸前，注视着裸露出土层外的灰色的陶片和潮湿的草根。目光痴呆的兽医正给一位被车轮撞倒的民工包扎伤口。殷红的血汁不可避免地溅落到兽医的手上和身上，使他变得有些烦躁不安，心不在焉。一阵风将兽医手中展开后的白色绷带吹走，兽医蜷曲的身子在风中疾跑起来，追赶着行踪不定的白色绷带。绷带越过重叠不清的壕沟和沟沿上的浮土，越过杂乱的工具和人的头顶向山梁下一道干涸的河川里飘去。受伤者的干号惊动了一个人。壕沟里挖土的人停止了手中挥舞着的铁锹，自动地让出一条道来，让下乡干部陈满囤顺利地通过。她跟在陈满囤的后面，风吹动她的头发和纱巾，壕沟里的人都注意到了她多像是那些宣传画里某一个女人。

我不行了，我活不了啦。

受伤者在陈满囤的注视下哼哼呀呀地号叫着，他的一只鞋子埋到了土里，只露出一个后跟。谁也不知道什么时候他的脸上也全是血，血迹班斑。浮动的土使他污黑的一双手渐渐变成灰色，他翻滚的身体将周围的地形折腾得一片狼藉。

出了什么事？

他的腿好像断了。

陈主任，能追认我为烈士吗？我想成为一名革命烈士。

受伤者的恳求取代了哼哼呀呀的号叫，埋在土中的鞋子重新暴露出来。灰色的布鞋像一只石槽，里面填满了土。

下乡干部陈满囤冷笑了一下，他弯腰撩起了自己的裤筒，露出了腿上的累累的弹痕和旧日的伤疤。

没见过你这么不要脸的人。

陈满囤说着，将那只灰色的布鞋踢出老远。

不抓你的典型是因为你流了血，不要得寸进尺。

尘土卷着陈满囤魁梧的影子渐渐远去。受伤者终于在土里扒出了另一只鞋子。周围的人已经散去，只有风声还在，卷着浮土，从灰蒙蒙的山梁上刮过。

兽医重新出现在风中的时候，壕沟里挖土的人都看见了他东倒西歪的身影。

时光一点一点地顺着低矮的墙根从窗外流走了，晾晒在院子里铁丝上的几张塑料布在飘动的过程中发出了和窗纸一样的声音。夜晚里的一些形状各异的草垛这时依旧暖烘烘的，散发着白天的气息。从屋檐上垂下来的一根草绳在窗外舞来舞去，草绳上依附着一些旧日的丝瓜叶子和残茎。

起风了。

这是一个没有月亮的八月的夜晚，山区梁峁上稀稀拉拉的星斗闪闪烁烁，许多高寒地区的坚硬的植物像无边无际的芦苇一样动荡着、呜咽着，众多寂静而苍白的羊肠小道在夜晚里变得忽高忽低、四分五裂。

檐下的草绳碰响窗户的时候，她从外面抱回几根木柴，山区的寒意中依然夹带着不少冰凉的露水。她把木柴堆到灶下后便蹲在灶前，她的肩膀在举起木柴时抖了一下，她的神态像一个准备点燃烽火报告战乱来临的古代信使。

晚上还需要烧火吗？我对她说。

她愣了一下，突然停下了手。她将头转向我时，我看见一种困惑不解的神色停留在她的脸上。她的眼神像一个迷失了方向的行人。一根木柴僵直在她的手上。

你不冷吗？她问我。

不冷。我说。

天一黑，就觉得像是到了冬天。她说。

她说完低下头，将手中的木柴放到地上，但片刻又重新捡了起来，向灶膛里塞去。接下来，一股青烟贴着木柴从灶膛里冒了出来，她掩着嘴咳嗽了两声。

后半夜可冷了。她说。

噼里啪啦的火光映照着她的头发和脸：那一瞬间，我看见她的黑发中夹杂着一些白发，这种发现刺痛了我的目光。

地方越冷，人的寿命越长。我说。

她说，活那么大有啥意思呢，一点儿用也没有。

我听说后山狼儿洼有一个老头活了一百二十岁了，还每天背着干粮上山打猎。我说。

真有这事？编的吧。她说。

我说，报纸上都登了，光那支猎枪就有十几斤重。

这不是好事。她说。

这还不是好事，谁不希望都能那样？我说。

她说，你不懂，一个人要是到了该死的年龄还不死，还能津津有味地活下去，那他的儿孙后代就要遭殃了，今年死这个，明年死那个，专拣年轻的有用的死，没用的反倒活得挺好。

谁说的？我问她。

她说，这是天理，凡事道理都一样，吃进去就得吐出来，挣了钱就得花出去，只进不出，只生不死，那就要出问题。有生有死才叫世道，既然老的不肯死，就只有小的死。

火光使屋里忽然增加了一些散乱的影子，像是有很多的人闯了进来。

一堆木柴烧去一半的时候，她忽然站起身对我说，我给你炒扁豆吧，我记得你小时候成天兜里装着炒扁豆。

不是都不种了吗？那种豆子可够稀罕。我说。

我种的。她说。别人都嫌收得少，我一个人，收多收少都不怕。

多少年来，这个老式的院落里的墙皮脱了一层又一层，墙里墙外的野草枯了一茬又一茬，绿了一年又一年，但出来进去的只有她一个人。我想起了那个名叫燕燕的小女孩，假如她活到今日，应该也有十八九岁了。记不清是哪一年了，是一个赤日炎炎的夏天，她和哥哥收养了别人家的一个尚未满月的小女孩。那个小女孩刚抱回来的时候还没有名字，她和哥哥想了几天才取名为燕燕，燕子。猝然到来的小女孩使他们的日子收获并增添了一种激情，弥合了他们的一部分缺憾。他们把橘红色的南瓜掏空了瓤吊在房梁上充当游戏的气球。哥哥用木头制作了一套烟盒大小的精美的小马车，他用滚圆的豌豆安装在车轮里充当珠子，使小马车日夜在他们的土炕上徐徐滑动，辚辚有声。他们把自己能够想起的所有的美好的词语都用到了孩子的身上，但尽管这样，每逢吃饭的时候，他们还忘不了互相指责对方语言的平淡和词汇的贫乏。哥哥用淡黄色的质地细腻的犁木制作了一弯新月，固定在屋里的后墙上，小燕燕即使在风雨交加的夜晚，也时时能看见屋里的那道美丽的月牙。日子一天天过去，后来，有燕子飞来了，它们叽叽啾啾，早出晚归，在他们的屋檐下筑起了温暖的巢。

初秋时节的一场大雨使北山的水库里涨满了水，燕燕的娇小的尸体被巡逻的民兵从水库里捞上来以后，民兵们听到了一种呼啸声。这个三岁的小女孩在雨中追逐一朵行踪不定的喇叭花时跌入了水中。豆大的雨点敲打着各种各样的工具，追逐着工地上所有的人，雨点溅起的尘雾掩盖了众多的视线。那时候哥哥正在修理一辆运土的小车。当巡逻的民兵托着一个水淋淋的东西出现在一道低矮的土围子前面时，他藏在那辆坏得七零八落的木轮车下久久不肯出来。被雨打湿后的刨花像肮脏而虚浮的泡沫一样堆积着，使人们无法看到他的脸，只看见他的一条垂死挣扎的腿在雨地里瑟瑟抖动，像一条被捕获后的鱼。

他在废弃的木轮车下睡着了，但时隔不久便又醒了过来，开山的隆隆的炮声惊破了他的梦。雨水使炮捻燃烧的速度比往日慢了许多，冗长难挨的等待和猜疑令人焦躁不安，难以忍受。当头破血流的炮手被人从山上抬下来的时候，哥哥看见了躺在一辆木轮车里的无声无息的小燕燕。小燕燕的头发被雨水淋得如同一缕缕漆黑沉静的羽毛，软软地贴在脸上。接下来，哥哥看到一只肮脏的沾满泥水的手正在将小燕燕的脸上的雨水徐徐抹去，这个动作刺痛了哥哥干燥的视线，他号叫着从那辆残缺不全的木轮车下冲了出来。

住手！

雨雾中他的两只眼睛变得血红。

哥哥弓一样的身体冲过去的时候、那个人的手突然远离了小燕燕的脸。那个人用两只湿淋淋的手捂着自己的裤裆，突然干号了一声倒了下去。

他看见那个人像一棵不太高的枯树一样扑倒在泥水里以后，便挺直了弯弓似的身体，他从木轮车里抱起了小燕燕。燕燕冰凉的小身体使他感到事情有些奇怪。一个推土的人在他的视线里浑身发抖，战战兢兢地朝不远处的一道土围子前跑去。推土人跑动的姿势如一只受惊的老鼠，这使他差一点儿笑出了声。雨水流进了一道道的壕沟里，使里面挖土的人互相碰撞起来，纷纷从沟沿上爬了出来。燕燕的衣服上淌着水。仰望山区灰蒙蒙的天空和密集的雨帘，他看到了许多不计其数的荒唐的姿势和尴尬的场面。他抱着小燕燕想疾走如飞，但却不时地被什么东西绊倒在泥里。他怀疑自己的腿在昨夜里受了风寒的侵袭。

燕燕，一朵花跑了就让它跑了吧，为啥要追它呢?

你不就是一朵花吗?

他叽里咕噜地对怀里的燕燕说着，空中银灰色的雨线和脚下四处横流的泥土使他的大部分言辞都变得含糊不清，甚至连他自己也有些难以理解。

不久以后，他忽然看见兽医的身上披着一个装化肥用的塑料袋子在雨地里发疯般地跑动着。他看看怀里的小燕燕乌青的脸色和身体，便朝兽医呼喊起来。雨雾压低了他的声音，使他感到喊起来十分吃力而艰难。之后。他看见兽医回过头来边跑边看他，兽医朝他笑了一下，紧接着便又朝前跑去，白色的塑料袋子发出哗哗的声音，在风雨中越飘越远。

兽医这个王八蛋，看他往后还有什么脸让我再给他白做板凳!

视线中的距离越来越远，奔跑着的披着白色塑料布的兽医渐渐地在远处消失了。他终于看不见兽医和他的那块白布了，他望见泥泞的雨地里只有几件七零八落的劳动工具。

他抱着孩子跑着，却又感到无处可去，无路可走。

他听见自己的叫喊声在空旷的雨地里显得非常软弱无力，毫无任何意义。阴晦的天气使他的呼喊连正常的一种回声也无法形成。他在地上的几处积水里看见了自己的荒唐可笑的身影和姿态。几枝野菊花在附近的一处崖头上竞相摇晃，崖头上朱砂般的红土被雨水冲刷得鲜艳明净，像一片西下的夕阳。

大雨过后的一天深夜，他被山区里的一阵婴儿的哭声从梦里惊醒。夜晚里的寒气从四面八方袭来，一些高寒植物的茎部已经挂上了明显的淡淡的霜露，这种现象使他突然意识到了一种什么，他这才想起该给小燕燕制作一具童年的棺材，以使她不再裸露于这寒冷的人世。他找到了几块木板，他一心想把这个小小的木箱子弄得光滑一些，好看一些，但荒废的技艺和奇缺的工具却使制造出来的木箱子粗糙无比，丑陋不堪。他久久地注视着这个技艺拙劣的木头箱子，直到山区里的第一声鸡啼传来的时候，才起身将小燕燕放了进去。之后，他又将他曾亲手制造的那辆精美的辚辚有声的小马车和那一弯淡黄色的月亮都放到了小燕燕的身旁。在此之前，他发现小马车的一只轮子转动起来十分艰难，他细心看过之后才知道那只轮子上的一根辐条不知早在什么时候已经断了。他找来一把竹叶的扫帚，从上面抽下一根相当于辐条的竹签更新安在了轮子里。

之后，他夹起木箱子，向山区西北方的山梁上走去。黎明时的山风吹动他的衣衫，他感到自己的头有些沉。两边的灌木丛不时地从木箱子上划过，发出一种哧啦哧啦的声响。天上没有太阳也没有月亮，只有稀稀拉拉的几颗星星，像是大旱之年的几粒令人想入非非的玉米或小麦。翻过一道野草丛生的山坡以后，他说，燕燕，到了杨树湾了。往年杨树湾的蝴蝶可多了，往哪儿一落就是花花绿绿的一大片。在山上石灰窑前干活儿的人们常常从弥天的白雾里钻出来，眺望野草摇曳、蜂飞蝶舞的杨树湾。从这里开始，地势一点一点地渐渐升高，沿途两边的草木也越来越稀疏了，四周都是土质粗疏的沟谷和干旱如烟的梁峁，梁峁上的天空低低的，总使人感到天倾斜着与土地粘连在一起，难解难分。

夜风中弥漫着土的冷味和石灰的气息。飞起的石灰是一种模糊不清的记忆，有如磨坊里涌动的面粉。他抱紧了那个粗糙不平的木头箱子。他说，燕燕，赶快闭上眼，飞起的石灰可呛人了，后山最厉害的土匪桂老三就是让石灰蒙了眼才被人捉住的。

粗糙的木头箱子轻飘飘的，仿佛一点儿重量也没有。

他是在后来迷失了方向，看不见了路上和四周的一切以后，才发现自己被涌动的石灰蒙住了双眼。在此之前，纷纷扬扬的石灰已使他变成了一个浑身披霜挂雪的人，但他对此一无所知。当他在突然之间看不见了一切的时候，眼睛里开始疼痛起来。他用一只手揉着失明后的眼睛，手臂上的石灰末在泪水的融合下重新进入了他的眼中。

他不走了。他站在冷风吹拂的山路上等待眼睛重新睁开，四周的沟谷和坡地使他停下了自己的脚步。飞起的石灰是一种柔情似水的物质，使他在一瞬间突然丧失了全部的记忆和经验。他感到情不自禁的泪水正贴着他的胸脯向他的衣服深处流去。

他将快要滑落出去的木箱子夹紧。他说，燕燕，等一会儿再走。

石灰飞到我的眼睛里了，我刚才还说人家桂老三呢。

他想找一个能坐的位置坐下来等一会儿，失明的眼睛，火辣辣的，泪水盈盈。他一点儿也不敢随意乱走，只是小心翼翼地在原地上转了几个来回。

在他准备坐下来的时候，他突然感到脚下出现了风声。

那个粗糙的木箱子伴着他一起向下坠落的时候，他的耳边一直呼啸着一种声音。他感到那是飞起的石灰，但他又觉得不是石灰。世上会飞的东西不只是石灰，许多柔情似水的东西都会飞，而石灰在潮湿的夜晚里是一种飞不起来的东西。

一九九一年十月

瓦　蓝

一

晚上，我又去了供销社的那个杂草丛生的后院，就是他们那些人经常下棋的地方。天黑得让人喘不过气来。东墙上那扇小门还开着，平时他们都是从那里进出。小门的外面就是那口井，经常不盖盖子，先后有几个人掉进去过，有的是因为天黑，路不熟，有的是因为喝醉了酒。还有一个人是被别人在后面追赶，慌乱中不慎掉进去的，追他的人因而怎么也找不到他了，一下子迷失了方向。包括这个人在内，他们后来都活了，都被捞上来了，都没有死，但受伤是肯定的。

有了水，供销社后院里的那些菜和草都长得很疯。一到夏天，他们就会在那里摆开战场，开始没日没夜地厮杀。春、秋两季，天气晴暖的时候，也断不了常有。到了晚上，灯一亮，蚊子啊、白蝴蝶啊，乱纷纷地在他们的头上飞来飞去。有一次，两只小壁虎顺着院里的草丛，一直来到了棋盘上，众人的眼睛都紧盯着那些被磨得又光又绵的木头棋子，谁也没有发现那两个灰白色的小东西，直到后来有一个人的手指突然被咬了一下——他是因为它趴在那里影响了他的观察和思考，以为那是两截草棍，就用手去拈，一拈才知道原来那不是草棍。后面围观的人渐渐多了以后，先前那种平静的一对一的拼杀局面就很难再维持下去了，很快就不复存在了。众人轰的一声像山一下倒下来，乱七八糟地压在一起，被压在最下面的两个下棋的人，一边保护着棋盘，一边发出很惨的叫声，声音仿佛是从地狱里面传上来的，像是正在接受拷打和清算。这样的事情经常发生，谁也没有办法。

门口上方的灯光是青灰色的，青灰中又有一点儿靛蓝，这使灯光下所有的人看上去都像是坏人。一群坏人乱七八糟地蹲在那里。要是正巧有人背着一捆麻黄前来过秤，站在东墙上的小门那里往这边打量，那样的印象和感觉尤其突出而明显，要不是过于熟悉，卖麻黄的人会以为自己进错了门，走错了地方。看那一群人乌烟瘴气的样子，不由得不让人开始怀疑自己背来的这些货色，这些和他们到底有什么关系。不过，和任何地方一样，这里也有安静的时候，有时寂静得连一个人也没有，只有草在微微地动，慢慢地长，阳光跃上墙头和屋脊，有耐心地戏弄着院里的一切，又缠绵又温情。那种时候，每一棵草看上去都是美的，健康、柔顺和本来的清爽。

后院里静极了，我站在那口曾经日夜都冒着阴森的冷气的井边，听到很远的地方有汽车的声音传来，持续不断的嗡嗡声证明它此时正陷进一个什么地方不能自拔。那些曾经灯火明亮的房子里现在都漆黑一片，很多的门窗都破了，满院的荒草使它们显得更加衰败。只有最西边的一间屋子里亮着灯，那是老米。老米是供销社留下的唯一的一个人了，负责看管那些积满灰尘的背时的货色。现在，人们有事都往小卖部前走，这是最让老米伤心、最不愿意看到的情景。一个小卖部并不可怕，可怕的是数不清的小卖部，众多的如雨后的蘑菇一样突然冒出来的小卖部使一向风光无限的供销社遭到了毁灭性的打击，想起来如同一个噩梦。

老米正在炒辣椒。我进去的时候，他一边用手抹眼泪，一边看着我，对我说：

“你又来了，是不是在这里丢了什么东西?”

我的眼泪也被呛出来了。我和老米坐在门前的台阶上，看着院子里的一人高的荒草。

后来，说起了麦主任，老米显得很生气。他说，供销社刚一垮，麦主任就跑了，跑到城里做王八蛋去了。

八月里的一天，学校里的一位老师领着她的一群学生帮助供销社劳动，将一辆汽车上的萝卜和甜菜搬到供销社的后院里。孩子们乱纷纷地走着，不时地被院里的杂草绊倒，将怀里抱着的萝卜或甜菜滚出去老远。那位老师叫树声，姓颜。那天，她穿着一身深蓝色的衣服，领口处结着一条丝巾，她也和她的那些学生们一样从车上往院里搬东西，一手拿一个萝卜，一手拿一个甜菜，不难看出她是一个喜欢干净的人。我听到供销社的麦主任有时候叫她树声，有时候叫她颜老师，有时候又叫她小颜。麦主任这个人哪，喜欢喝酒，有人说他一天二十四小时中，至少有十几个小时是处于半昏迷的状态中的。因而，有些话他常常刚说过就忘了，转过身点燃一支烟，就把刚才的事情全忘了，只有供销社里的职工们知道他的话什么时候是认真的，什么时候是完全不作数的，这都是经验在起作用，一年一年慢慢品出来的。他再迷糊，也总有规律能被人摸透，掌握，默记在心里。不怕你暴露，就怕你不暴露，只要你露出一点点，就别愁别人没有办法。

麦主任披着衣服到处走来走去，有时站在院子里看着孩子们抱着菜源源不断地走进来，有时从东墙上的那扇小门里走出去，站在汽车的旁边。门外的那口井已经被他吩咐人盖上了盖子，这样，孩子们出出进进的时候，就不必再担心有谁会掉到井里去了。尽管这样，他还是不时地要朝那里望上一眼，有时甚至很专注地斜视着那个弄不好会害人不浅的地方。看着车上的菜搬得快差不多了，车厢已经基本空了，麦主任对树声说：

“不能叫孩子们白受苦，每人一碗凉粉。”

“一碗凉粉？”

“是的，每人奖励一碗凉粉。”麦主任斩钉截铁地说道，“这里我说了算，就这么定了。”

说好帮供销社搬菜是义务劳动，搬完后很快就要回去的。树声有些为难地看着麦主任，说：

“我们回去还要上课呢。”

“学习也不在乎这么一会儿工夫。”

树声对麦主任说，这是义务劳动，孩子们回去后，每人还要写一篇作文。麦主任问，什么题目？树声说，记一次有意义的劳动。麦主任听了，乐得嘴都歪了。他说：

“不吃一碗凉粉，怎么会有意义？首先这些孩子们就会觉得这次劳动非常没有意义，供销社小气得像一个女人，完全是白受苦，问他们下次还来不来义务劳动了，他们肯定不想再来了。是不是？”

“来不来义务劳动，不由他们决定。”树声说。

“可是，你不认为吃一碗凉粉会给他们留下很深的印象吗？他们会写得更深刻呢。”

“真的不能吃，万校长知道了会说我们的。”

“你可知道，万念有时也来我们这里，他来了，吃的可不只是一碗凉粉啊。”

“他是校长。”

“校长怎么了？他比别人多长一个头？校长也是一个头一张嘴，也并不是三头六臂的人。放心吧，有我呢，他不会说你们的。”

看着麦主任那样，树声觉得自己根本拗不过他，她寄希望于时间，她想过一会儿以后他也许就把这事全忘记了，因为她似乎隐隐地闻到他的身上弥散着一种深深的醉意，这让她感到一丝希望。然而，不久以后，供销社里的刘砍说的一句话又让她没了主意。刘砍对她说：“麦主任今天可没喝醉，他可是认真的。”树声说：“可是我闻到他的身上好像有酒气，很厉害的。”“那算什么！”刘砍说，“那是以前的旧味。一个常年喝酒的人，身上早已被酒精浸透了，即使一年不喝酒，身上的酒气也有四五十度。你要是单独和他坐一会儿，保证一会儿就把你醉倒。”刘砍又说，他的话夸张是夸张了一些，但绝对是那么回事。近朱者赤，长期的耳濡目染，使麦主任的女人也时常给人一种飘飘欲仙的感觉。这个从来不沾酒的女人，有一次竟一口气喝下一搪瓷缸子的酒，喝过后面不改色，安然无恙。众人又惊讶又兴奋，纷纷说这完全是被麦主任长期熏陶的结果。麦主任眯着一双眼睛坐在那里，脸前罩满了烟雾。树声愁眉苦脸地看着刘砍，说：“我们怎么办呀？”刘砍说：“发愁什么，让吃就吃吧，一碗凉粉，又不是个什么问题。”树声说：“可是我真的不想吃。”“学生们也许想吃呢。”刘砍说着，看了她一眼。树声点点头。

近来，我经常会想起河边的那些比人还高的芦苇，那些绿得让人心醉神迷的芦苇，现在都没有了。还有那些棕色的又粗又大的蒲棒，也没有了。现在，它们只能在梦里，在过去的风中轻轻地摇晃。去年夏天，一个走南闯北的家伙竟然驮着一捆粗大的蒲棒在到处兜售，卖钱。后来出生的那些孩子们都不认识，从来没有见过，还都以为是吃的。也难怪他们这样，那一捆蒲棒，连我看着都感到十分的稀罕和无比的亲切，仿佛遇到了一个从前年代里的故人。我在旁边看了一会儿，我想一定是从南边弄过来的。我对那个家伙说，我们现在站的这个地方，还有附近几十里以内的地方，过去都长满了这种东西，茂盛极了，高大极了，成百上千的人隐藏在其中也会浑然不觉。那时候，真没有人会觉得它是个东西。每天都能看见，觉得它就是我们生活的一部分，既是内容，又是屏障，既是颜色，又能到里面去胡思乱想。总之，它什么都是，又什么都不是。刮风的时候，它们不是像麦浪一样翻滚，就是齐刷刷地向一边倒去，形成一面灰绿色的山坡似的图景。我在想这些的时候，耳边能听到那种属于从前年代里的刷刷的声音。那个家伙向四周打量了一会儿，然后不无得意地对我说，问题是你们现在什么都没有了。又说，物以稀为贵嘛。钻石为什么值钱？就是因为少，因为难弄——主要是因为少。如果像石头一样遍地都是，那也就和石头一样了，有谁会把石头戴在手上或挂在脖子上？那些蒲棒啊，有不少都被他用各种颜色染过，变得不伦不类，失去了本来的面目。我承认这些。自从供销社和一些乱七八糟的人家在这里扎下根以后，他们没少往河边倾倒垃圾。除此以外，有时候，他们大人孩子站在河边，眼光像钩子一样，像伸出的手一样急切，充满了捞一把的念头，希望能从上面顺水漂下来一些什么东西，又正好从他们的面前经过，只要一弯腰，就捞住了。有一次，他们真的捞起一个东西，是一个货真价实的手榴弹，几个孩子蹲在地上，围成一堆，开始研究。那情景正好被骑车路过的宝才看见了，他跳下车子，看见那个手榴弹后吓了一跳。他对那几个孩子说，你们这几个小讨吃的，连手榴弹你们也敢瞎鼓捣？一会儿不小心真鼓捣响了，你们都得完蛋！送命的送命，缺胳膊少腿的缺胳膊少腿。强烈的责任感和阶级意识使身为治安员的宝才疑虑丛生，他的眼前跳得厉害，仿佛有血光在忽明忽暗地向他展示着什么。接着，他开始追问手榴弹的来历，孩子们都说是可能从上面漂下来的。宝才说，不可能！手榴弹怎么会顺水漂下来，这是一个铁家伙，不是一根鸡毛。机警的宝才啊！他断定这附近有敌人，也许就在河边那些乱七八糟的人家里，也许在供销社里，当然，也不能排除有人路过这里时，随手将它扔进了河里。一定是有人想做什么又没有做成，有人不配合或时机不成熟，才把东西扔进水里的。宝才这样想着，带着满腹的疑问和那个湿漉漉的手榴弹重新上路了。剩下几个孩子面面相觑，又看见宝才的影子已越来越远。他们说，咱们好不容易捞上来的东西，想不到让他给拿走了。一个年龄稍大一些的孩子说，拿走就拿走吧，手榴弹也不是什么好东西，又不能到供销社里去卖钱，供销社不收购这个，肯定不要！弄不好它真的会把我们都炸死。这样说着，他们仿佛真切地听到了那种提前到来的哭爹喊娘的声音。宝才拿走了，就让它去炸宝才去吧！让宝才去完蛋吧！让宝才缺胳膊少腿哭爹喊娘去吧！

凡事就怕觉悟。一旦明白过来，就再没有什么放不下的。

供销社的柜台前面站着几个孩子，用很复杂的心情和眼光看着站在柜台后面的人，想象着自己将来的职业。这样的工作应该是令人羡慕的，但也有不好的一面，比如卖煤油，比如给猪毛和骨头过秤，就是一件让人感到恶心的事情，无论怎么说也是不舒服的。但守着柜台，又有很多的便利，每天至少可以贪污一块糖，这是别的人做不到的。然而，贪污得多了，又会出问题，麻烦会不请自到地找上门来。永定庄供销社的张小文的事情让人们一想起来就不寒而栗。这个像女人一样嘴馋的人啊，每天一上班以后，就从身后的货架上拿一块糖放进嘴里，一上午慢慢地品着，体会着从舌尖到内心深处的甜蜜。每天一块，每天一块，一年下来，供销社里终于短了三百六十多块糖。上面追查下来，张小文吓得不得了，又没有人帮他出主意，于是就在一天夜里，趁值班的时候，用一根捆棉花的细绳子，在供销社后面的仓库里把自己吊死了。是畏罪自杀吗？公安局的人回答说，当然是，这还有什么疑问！以后，再有人想伸手从货架上拿糖放进嘴里，空中就会仿佛有一个苍老而严厉的声音在说：干什么？想想永定庄的张小文吧，他死了还没几天呐。于是伸出去的手就又悄悄地缩了回来，老老实实地抄在袖筒里。实在是那件事情太厉害了，太让人害怕，一想起来就怕，不能不引以为戒。有的老人告诫在供销社工作的孙子，不要学张小文那灰样，实在想拿得不行，就放钱进去，拿一块糖出来，就放一分钱进去，这样，无论拿多少，估计也不会有什么问题，不至于犯错误。

有一个时期，公社在酝酿一个计划：准备挑选一些糖尿病人充实到各个供销社里工作，并且让这些人专卖糖果。

人们说，好主意哪！不知是谁想出来的。这就像让老虎拉磨一样，再也不必担心它会偷吃粮食，再也不需要像驴一样将它们的眼睛蒙上。好主意啊！不知是哪个诸葛亮想出来的。

二

反革命分子们聚集在兽医家里开会的消息被宝才获悉的时候，宝才正在家里睡觉。他听见轰的一声闷响，接着又听见一阵嗖嗖的声音，一个人像一阵阴风一样吹开了他的门，告诉了他这个消息。他还没有来得及看清来人的面目，那个人转身就朝外面跑了。宝才追出来的时候，那个人已消失得无影无踪了。他骂了几句，然后迅速回到家里，穿好衣服，又检查了一下枪，别在腰里，直奔兽医的家。快到兽医家门口的时候，他像一辆奔驰而来的汽车一样突然刹住，停了下来。在外面用心听了一会儿，听到里面静悄悄的，并没有什么动静。他开始怀疑自己刚才在街上奔跑的时候，已经走漏了风声，人们知道他要来，都临时躲起来了。快四十岁的人了，刚才那一阵拼命的奔跑还真让他有点儿吃不消，猛一停下来后喘得十分厉害，又想咳嗽，又想小便，眼睛里还流出几滴莫名其妙的泪。定了一会儿神以后，他径直走了进去。家里没有别人，只有兽医的女人一个人。

“叫什么名字？”他说。

女人看了他一眼，没有说话。她正在缝着一个什么东西，手里的线拉得长长的，一会儿哧的一声，一会儿又哧的一声。

“看清楚了，我是公社的老张，张宝才。”他说。

“我认得你。”女人淡淡地说道。

“认得就好。你叫什么？”

“许仙。”

“许什么？”

“许仙。神仙的那个仙。”

“神仙的那个仙……神仙……哎，这个名字有点儿怪唉，好像什么人从前就这么叫过……几岁啦？”

“几岁？三十六。”

“三十六？不可能吧？你有三十六吗？看上去可没有，怎么说也不像。看上去也就是二十六七岁的样子。是不是二十六？是的，一定是二十六。”

“谁说是二十六？我们可没那么年轻！我们整天吃糠咽菜的，哪会有那么年轻？你非要说是二十六，那就二十六吧。”

女人啊，真他妈的！很多女人都是这样，你真心真意地说她年轻，没什么变化，她们总是誓不承认，非要和你论争，似乎不争得满脸褶皱绝不罢休，不知道她们为什么要这样。比如眼前这个叫许仙的女人。宝才有些茫然地看着她，他感到有些话已不能再按照原来的所想再顺顺溜溜地说下去，它们正在像水一样迅速地回落，在远远地退去，直至完全消失，剩下一片死寂。那时候，他忽然想起了她的男人，他说：

“兽医去哪里了？又劁猪去了吗？”

“不劁猪劁什么！总不能去劁人吧？”

啊，这个女人，真是个有趣的女人啊！真是个无畏的女人啊！竟然与他这样说话，这是让他没想到的。他细细地打量了她一会儿，看见她肤色白皙、丰润，这样的人怎么可能是成天吃糠咽菜的？兽医的工作就很能证明这一点，日常劁猪骟马，不无裨益，与大多数穷苦的人们比起来，他们的日子应该是很阔绰的，不是吗？女人就像猫，一旦养成什么习惯，再想纠正过来那就很难了。贪图享乐的女人啊！喜欢安逸的猫啊！她们的身上有许多十分一样的地方呢。他想起了自己家里的那只猫，那只连气也不愿意多出的懒猫，那只目中无人的懒猫，长期以来一贯目中无人，自以为是，有人走到它的近前时，它连眼睛都不抬一下，完全是一副高级干部的样子，高贵得连关怀和危险都不知道，总以为危险是别人的事，与己无关。周围一带的赤贫的人们谁也没有机会见识高级干部，但只要见过他家里的那只猫以后，也就等于见过高级干部了。人们说，看见了，这回总算是亲眼看见了，总算是明白了，不看不知道，一看吓一跳，高级干部原来就是这样的，坐在那里是十分威严的一堆，卧在那里也是十分威严的一堆，变的只是姿势，不变的是永远的威严。但你要是想一心效仿，想如法炮制，模拟领导，却无论如何断然构不成那种威严，充其量也可能只是暂时堆放在那里的一麻袋土豆。土豆，一麻袋土豆。是的，就是这样，有人曾经不是没有试过，结果给人的印象就是这样，画虎不成反类犬。威严难道也是可以随便模仿的吗？不成！一个瘦人要是也居心叵测地卧在那里，其结果会像两件肮脏的旧衣服，正要准备拿出去洗涮或扔掉，神形都不像，两头都不沾边。有一次，校长万念来家里吃饭，宝才对猫说，麻烦你睁开眼睛看他一下吧，哪怕就一眼！他可是专门来看你的，顺便向你汇报一下他们学校近一个时期以来的工作和斗争情况。值得一提的是，他是一位相当忠诚可靠的同志，多年来一贯忠诚党的教育事业，德行高洁，勤勤恳恳，作风正派，不苟言笑。万念同志脱去衣服后，伸出自己的一只手摸了一下它的脑袋和脊梁，张开嘴露出黑黑的牙齿，笑着说：

“这家伙。”

临走的时候，万念又伸出自己的那只手摸了一下它的脑袋和脊梁，张开嘴露出黑黑的牙齿，笑着说：

“这家伙，真的是凡人不理，比李书记和郭副政委还牛×！你怎么养了这么一个东西？”

家里养着这样一只大干部，像狮子一样披着一身金黄的皮毛，相形之下，它的主人倒显得形容猥琐，举止唐突，不够洒脱，一身可笑的蓝制服又使他平添了几分穷气。事实上，主人在很多人的眼里也是蛮厉害的，在外面也算个叮当作响的人物，走路喜欢将手叉在腰里，使衣服上翘、掀起，有意或无意地露出截挂在皮带上的手枪。那手枪时刻都有一种不可名状的冲动，跃跃欲试地想出来，跟随着主人的身体和神经一起跳动、颤抖，一起绷紧，一起披星戴月，冲锋陷阵。李书记有一次对宝才提起他的那只猫，李书记直哼哼。宝才看着李书记，心里想，他这是怎么了？李书记一开始用一种婉转的方式向宝才暗示什么，暗示不成，就直截了当地告诉宝才，不要用一只猫与高级干部作比较，那样做会有损于领导的形象。宝才说，他从来没有做过那样的比喻，猫就是猫，什么干部不干部的，它算什么干部？是人们非要那样说，作为猫的主人，他本人也受害不浅哩。用心良苦的李书记啊，这是拼命地想把他往某一条线上拉呢。他常常是因为自己的级别不够高才这样痛苦地哼哼，他也只敢在这些级别还不如他的人面前哼哼，以这样的方式表达他内心的某种不平和愁苦。世界在他们的眼里是完全不一样的，不仅生活的内容和方式有区别，有时候连形状和轮廓、声音和色彩也都是各不相同的。蓝衣服有时候会像血一样暗红，有时又酥白得像石头。

这是五月里的一天，草木刚刚发绿，风琴呜呜咽咽的声音从学校里传出来，声音里流出一种湿漉漉的东西，但同时又有一种尘土和皮毛的气息。风琴一响，就会有这样的一些东西纷纷出来，宝才感到非常奇怪。柳絮也在到处飞舞，在空中和脸前飘来飘去，时常落在人的头发上或挂在眉毛上。天又高又蓝，像是秋天，像是九月，抬头看一会儿，眼前就会感到一阵发黑，感到原来一尘不染的天上有了黑点，且越来越多，脚下的地也像毯子一样暄软、飘忽，不再坚实，不再让人感到可靠、安心。

宝才这个人你是见过的，似乎还多少有点儿怕他。他是公社的治安员，有枪，还有专门用来捆人的绳子，都是些像小孩手指一样粗的细麻绳，又长又白又硬，别看不怎么粗，却非常的结实、管用。任何时候一抽出来，总是雪白的一团，先是十分僵硬的，渐渐地才开始像蛇一样复活、蠕动，直至完全伸展开来，发出刷刷的响声。这样的东西，放到哪里哪里亮，放到哪里哪里怕，人们有理由怀疑这团东西是有生命有灵性的，但没有人敢说这是被施了魔法，而都一致认为这是无产阶级的力量在起作用，在暗中左右着一切，决定着一切。每想起这些，他的眼睛就会变得异常湿润，长久地站着，抚今追昔，感慨万千。他常用一种接近于呼喊的语言开始或结束自己的发言。宝才十八岁参加工作，一开始就在前途无量的组织部门当科长，势头很好，但到现在二十多年过去了，官却越做越小，又从县里做到了公社里，混迹于以年轻人为主的队伍之中，眼看就再也没有什么前途了。而当年与他一起参加工作的一个毛头小伙子，如今已是省委副书记了。

熟悉宝才的人，比如中心学校里的校长万念、公社李书记，背地里都叫他蠢材。他们常说，什么宝才！纯粹是一个蠢材，十足的一个蠢材！很少见过他这样的，真是蠢啊！别人都是从小到大，由弱渐强，一年比一年强，一年比一年厉害。他却是从大到小，先硬后软，一年不如一年。宝才自己也知道自己不行了，常感到自己像春天里的土豆，疲软、多皱，还生着一些无用的白芽，正经人是不会吃的，恐怕连做种子的资格和条件也未必有。因而就拼命地想把现在的事情做好，尽量地尽可能地做得淋漓尽致，不给自己留下更多的遗恨。认真地说起来，做个蔫土豆也不容易呢。他喜欢侦察，热衷于破案，因而也就理所当然顺理成章地喜欢别人出事，哪里一有了事，他马上就有了精神，可以连续几天几夜不睡觉。他还喜欢干一些越俎代庖的事情，这让公安局的人对他很有看法。他们常常在电话里酸溜溜地说，这个案子让宝才去破吧，他比我们强，比我们在行，我们去了也不一定就能破得了。这样的事情，宝才也并不推辞，公安局有醋意有看法，那是他们自己的事。破案如同过瘾，不是一次两次就能满足了的，而是长期的，甚至是无限的，永无止境。世界就是由无数的人和无数件事情构成的。反革命案、盗窃案、强奸案、无头案、连环案，甚至一些如同疑难杂症一样不可名状的更复杂一些的案件，都是他所喜欢的，都常常能让他急中生智，突发奇想，恍然大悟，柳暗花明。兵临贵阳逼昆明，四渡赤水出奇兵。办法是人想出来的，办法总是会有的。只有笨人，没有笨办法，但笨办法有时候也是很管用很顶事的，为什么？原因就是那办法看着笨，实则并不笨，其中充满了不可言传的机锋。

眼前的这个女人应该说他是认识的，只是一直不知道她的名字。他与兽医本人熟得不能再熟，有时甚至到了相互厌倦的地步。人与人的那种关系永远让他感到奇怪而费解，毫无头绪可以让你梳理。兽医是个大舌头。舌头在一般人的嘴里不是个问题，但在兽医的嘴里却是一个问题，还是一个十分沉重的话题和负担，累累赘赘，难以卷曲，更不易翻转，这使他说话总是显得缓慢而又吃力，仿佛所说的每一个字都经过慎重的斟酌和深思熟虑，甚至痛苦的抉择，实际上远不是那么回事，但给人的印象却就是这样，这使他无论任何时候看上去都显得十分憨厚。缺什么想什么，兽医生平最羡慕的就是那种伶牙俐齿、巧舌如簧的人。那是一些多么灵巧的嘴啊！没理也常占着三分，那是嘴吗？有时他常常觉得那不是一些普普通通的嘴，而是另外一种东西。兽医四处出没，不常在公社里，哪里有牛马猪羊的叫声，哪里就有他的身影。另外，村里的人们也从未拿他的舌头取笑过。裤兜里时常揣着一把明亮的小刀，神情专注或恍惚地走在街上，在人家的院子里，逮住一只小猪后，把它放倒，用脚踩住小猪的后腿，然后腾出一只手掏出小刀，在小猪的身上哧地一划，再把里面的东西挤出来，一只猪就这样劁完了。他松开手，小猪从地上爬起来，一边大声尖叫，一边拼命地向远处跑去。他也知道小猪一定疼得要命，可是没有办法，不这样做不行。也许所有那些年幼适龄的小猪们都非常仇恨他，从一开始他就给它们留下一种十分恶劣的印象，比噩梦还要可怕，让它们刻骨铭心地永远记着，任何时候只要一想起来，就痛苦地哼哼个没完。还有的小猪仿佛认识他似的，一看见他过来，不顾一切地转身就跑。

进来已经有一会儿了，家里并没有什么异常，还是他和这个叫许仙的女人两个人。他有些不甘心。

“刚才好像还有一屋子的人，我一来了，怎么都跑了？”他说，“都藏起来了吧？藏到哪里去了？我看看。”

说着说着就站了起来，眼睛闪闪发亮地看着面前的女人，又向四周开始逡巡、打量。

“胡说什么呢？”名叫许仙的女人说，“少胡说吧！从早上到现在，一直就我一个人在家，怎么会有一屋子的人？哪来的那么多人？”

屋里很干净，确实没有众人聚集时留下来的那种气息，要有什么气息，也只能是眼前这个女人的气息，那也许只是一种馨香。宝才现在开始有些怀疑那个像一阵阴风一样吹开他房门的人，那个人来得快，消失得也快，像是梦里的一个人，让他来不及思索和准备。他从眼前这个女人的脸上读到一层意思，这使他感到自己像一只瘟鸡一样不受欢迎，那么的不受欢迎，这都是不冷静不沉着和冲动带来的，一有风吹草动，他就愣头愣脑地跑出来。有人曾说他是一只智慧的老狐狸，还有的甚至说他是诸葛亮，现在看起来，完全是不负责任的胡说和无原则的吹捧，这样的吹捧害人不浅哪！害得他在这个女人的面前抬不起头来。他知道智慧是狡猾的另一种说法，为的是听上去好听一些，顺耳一些，不那么刺激，但他觉得自己一点儿也不狡猾，当然也就无所谓有智慧。兽医这一家人难道真的有问题吗？兽医怎么会是反革命呢？如果是，全公社的牲畜们恐怕早就都被他暗中做了手脚，一个一个地害死了，早就都不存在了，还能等到现在，还能等到今天？他一遍一遍地问自己，从很多个方面进行小心翼翼的论证和敲击。

此后的一天，在见到李书记时，他再也忍不住了，他对李书记说：

“兽医怎么会是反革命呢？”

“谁说兽医是反革命？”李书记有些不解地看着他，“谁说的？你听谁说的？”

“我看不像。”他说。

“当然不像。”李书记说。

他告诉李书记，不久前他亲自盘问过兽医的女人许仙。李书记听后，立即对他说：

“不要给我胡闹！怎么能去随便盘问一个女人，而且是一位同志的爱人！没事就老老实实地在家里待着，或者去供销社下下棋，或者到学校里听老师们弹弹风琴，无论如何不能出去给我闹!!”

李书记刚刚参加完一个有关妇女工作的会议。他神情十分严肃地对宝才说，妇女们翻了身，在政治上的地位慢慢也会越来越高，照现在的情形来看，现在的人民公社将来极有可能改称为人民母社。到了那个时候，他这个书记也就不用再当了，母社理所当然应该由女同志来担任书记，所有的男人都将不可避免地成为助手或助理，听候吩咐与调遣，协助妇女工作，并维护她们的尊严。

李书记的话将宝才吓了一跳。他说：

“这是真的吗？已经定了？那我们可要遭罪了。”

“不要多问。总之，你以后要注意，千万再不敢随便盘问哪一个女人了。将来，她们都在我们的上面，我们到了下面。你要是不怕这个，你就去胡闹吧，我也不管你了。”

“那不成了原始社会了吗？”他说。

李书记没有再说什么，盯着他的脸看了一会儿，然后披上衣服，又去开一个会。走到门口时，又回头看了他一下。日理万机的公社书记啊！一脸的问题与官司，宝才看得真真切切。

做一名干部是多么的不易啊，是多么的幸福又多么让人头疼啊！做一名领导干部更是多么的不易啊！

人民母社。

这个词让他感到既新鲜又惊讶，又是一个新提法！不会是李书记个人发明出来的，李书记是个作风严谨的人，不可能发明这种东西，也不敢发明这个。一定是从上面一层一层地传达下来的，传达到李书记这个级别的时候，就不再往下传了，这样的情形是极为普遍的。想想他自己，成天也在胡思乱想，上天入地地想，却从来也没有想到过这个。

啊，这是多么新鲜的一个词啊！也就是平平常常的四个字，组合到一起，意思就不一样了。真难为他们是怎么想出来的！

三

星期六下午，距离天黑还有一会儿，听见一只鸡在对面的墙头上怪声怪气地叫着，余天又开始化装。先用一支毛笔在自己的上唇画了两撇胡子，又在眉宇之间描了一阵，简单的几笔如同画龙点睛，很快就使他的模样发生了极大的改变。他看到那样画过之后，他立刻就不再是他了，更不是原先的那个什么老师，谁也别再想认出他来。面对这样惊人的变化，他自己也常常感到惊愕不已。出现在镜子里的那个人，无论从哪个方面去看，都完全是一个生活在过去年代里的陌生人，脸上还明显地罩着一种那种年代里特有的、人们普遍容易染上的病症：严重的肺炎或结核。虚弱的身体，沉默的表情，偶尔才会发出的沙哑的声音，走到哪里咳嗽到哪里，谁见了都会觉得这个人真的已经不行了，没几天活头了。无数次的实践和经历证明，这样走出去以后，无论走到哪里，都确实没有人会认出他来，从来没有。有时候连家里的人也会感到迷惑、奇怪，仿佛在面对着一个噩梦。多年来，在人们的记忆和印象中，他的脸应该是很白的，也基本没什么胡须，一个文质彬彬的人，现在突然冒出一个谁也不认识的胡须很重的人，当然不可能是他，人们谁也没有往他的身上想过，而他，要的就是这样的一种结果。

距离天黑还有一会儿。现在，他很想像过去年代里的那些人那样用自己的手很闲适地捋一捋那两撇看上去充满了传奇色彩的胡须，但直觉告诉他此时还不行，刚刚涂上去不久的墨迹还没有完全干透，那种凉湿的感觉还在他的皮肤表面上停留着。如果执意要捋一捋那两撇胡子，结果只能是把脸弄花，让自己变得什么也不是。有一次，他不小心把自己的两撇胡子画得有些上翘而卷曲，站在镜子前看时，他不禁被里面的那个形象吓了一跳，很多的地方都在证明他把自己画得很像是民国时代的军阀。又有一次，镜子里的那个有着两撇浓重黑须的庄严肃穆的形象告诉他，他在某些方面已经快要接近李大钊了。天哪！这样出去，不但不能保护自己，反而极其危险，会带来许多意想不到的麻烦。好在这样的失误仅有几次，要是多了，要是每次都不注意，很难说现在会是什么样子，也许早就被抓起来了。

他看看外面，天气是他所喜欢的阴天，这样的天气总是让他的心里感到高兴、愉快，感到活着还是有奔头的，希望不能说完全没有，虽然影影绰绰，非常的渺茫而不明显，但毕竟也还是一件有影的事。他脱下自己的那件半旧的蓝色中山装，小心翼翼地挂到墙上，又换上另一件。这一件原来也是蓝布的，但早已褪成了灰白色，又脏又旧，是他每次出去时必穿的一件。这衣服脏是脏了点儿，但久经考验，在他的眼里，它是有知觉的、重情感的，只是不会开口说话罢了，在某些方面要比一个无情无义的人强上许多。他盘算着，在这样的天气里，无论走到哪里，人都注定不会很多，即使偶尔有几个，也如同没有一样。很多人在阴天里的心情都不同于寻常的时候，会无缘无故地感到憋闷、寂寞、烦躁不安，很想去做点儿什么，但又完全不知道做什么好。是的，有相当多的人都喜欢晴天，喜欢在太阳下行走、交谈，实现着一切。在他认识的人中间，除了他自己，好像还没有哪一个人喜欢黑沉沉的阴天。“天一阴，你就来劲了。”女人常这样说他。是的，她算是说对了，完全是那么回事。每当置身于那种黯淡的、夹着一丝若有若无的微风和草木气息的光线里，他就会感到安心、自在，又时时冲动不已。冲动什么呢？为什么而冲动呢？他回答不出，眼睛湿润着，感到有东西被封堵在里面。阴天常给他一种清净而又毛茸茸的印象，当空中不断地又有雪花飘来的时候，他感到十全十美——每一片雪花都让他幸福得想哭，让他泣不成声。

天越来越低了，傍晚就在这明火执仗的过渡中慢慢地出现、来到，模糊在先，昏暗随后，那时节也是真正的暗无天日啊。走出家门后不久，他紧了紧勒在腰间的一根绳子，看到暮色中只有一个人站在河边，望着流淌的河水发呆。路过供销社的时候，也没有看见人，只见一个旋风在供销社的门前不住地旋转、轮回，眼看着就要越过屋脊，腾空而去了，忽然又跌了下来，继续在原来的地方转动、徘徊。

前面就是他要去的煤矿了，煤矿冒着烟，堆积的煤比乌云黑多了，远远看上去如同绵延起伏的山峦。那上面有一些灯已经亮了，从远处看去，仿佛是一些浮现在山间的星光。在它们认真而又无奈地一闪一闪的时候，他背着一个与他的体质和力气不太相称的篓子，开始在这个黑色的世界里有目的地转悠，四处出没。有时两眼闪闪发亮，有时目光呆滞，像病了一样，但并不担心有人会认出他来。许多无声无息的机器散落在他的视线里，释放出很重的油污的气息。他走得很慢，像是在闲逛，又像是去见一个不愿见到而又非见不可的人，一路上谋划着一些必要的措辞和脱身的借口。不辞而别？不翼而飞？认真的恳求？不辞而别肯定是不行的，不仅说不过去，人家也不会轻易让他走掉。乌黑的炭在他的四周闪闪烁烁，幽亮而无边，它们比瓷器更让他感到安心、贵重，他时常觉得自己能听见它们的声音，能听懂它们的意思。多年来，它们一直都在以那样的一种固定不变的看上去十分老成而实则又非常浪漫的姿势诱惑着他，使他不断地在它们的周围出没、消失、流连忘返，无数次跌倒又爬起来，不断地接近，并一次一次疯狂地扑向它们。有时候，他很虚伪地躲着它们，像在躲一个人，故意不看它们，显得若无其事，了无牵挂，但那往往酝酿、预示着一次比以往更大更猛烈的接近。与那些不怎么会表达自己的炭相比，他常常觉得自己够得上老练，成熟得也要命，多谋善断，百战不殆。这样一来，它们就成了一些不懂事的容易被哄骗的孩子或小猫小狗。自从发现了这样的一种关系以后，他就变得比以往从容多了，有条不紊渐渐地代替了原来的紧张和不安，不再有明显的硬伤出现。

天气是青色的，风中充满了苦涩的药味。在那些冰冷的机器中间穿行时，他的心情是愉快的，只要鼓风机不响，他就能在那种死寂中顺利地做完一切。鼓风机巨大的嗡嗡声常使他感到自己正在一个舞台上独自表演，下面是无数双眼睛，都在看着他，虽然心情各不一样，但意味深长的是都在看着他。整个舞台上只有他一个人在表演，整个晚上只有他一个人在默默地来回走动，四处查看虚实。一台机器后面突然冒出一个人，那个人认真地盯着他，也许已经看了他有一会儿了。他一眼就认出那个脸上有烧伤痕迹的人是机修车间的一位电焊工，人们都叫他老狼，但老狼并没有认出他来。感谢用毛笔画上去的胡须，又是它们帮了他的忙，才使老狼没有认出他来。无缘对面不相识，他忽然想起这样一句话。老狼姓徐，老狼的独生儿子还是他班上的一名学生，孩子长得很娇嫩，皮肤也很白，与大多数的矿工子弟不太一样，与他的父亲老狼更形成一种明显的反差。认真负责的老狼啊，见他一个人在这里溜达，就问他是谁，因为他觉得自己从来没有见过他。他用一种有些特别的声音对老狼说，我们国家这么多人，你怎么可能把所有的人都见过？对于我们来说，见到的永远是少数的几个。老狼说，我不是那个意思，我是说，你看上去很奇怪，尤其是你的胡子，越看越觉得奇怪。他说，有什么奇怪的？不就是胡子吗？老狼摇摇头说，不对，你的胡子和别人的不一样，像是画上去的，真的。老狼啊！眼睛好毒的老狼啊！他对老狼说，胡说八道！说完这句简短的话以后，他就不再开口了，他怕说得多了，老狼会听出他的声音来。老狼的眼睛如此厉害，想来那一双耳朵也差不到哪里去。言多必失，这话在今天让他体会到另外的一层意思。但老狼还在看着他，又试探性地问他，不是本地人吧？是从口外那边过来的？他看着老狼，将嘴闭得紧紧的，决计再不打算说什么了。老狼怎么会不认识他呢，他怎么会不认识老狼呢？说不定老狼早已认出他来了，只是不肯当面揭穿，故意装糊涂罢了，开学前一天的晚上，老狼下班后，还亲自领着他的那个独生儿子去他的家里拜访过他，要求他替他好好管教这个孩子，老狼那种望子成龙的心情溢于言表。老狼看看他的家里，十分诚恳地对他说，有什么需要焊的，就和我说一声。有什么需要焊的呢？他说，没有什么需要焊的，要有了，一定会说的。时间飞快地过着。现在，他有些虚弱地面对着老狼，要是再耽搁一会儿，说不定老狼真的会把他识破，认出他来，就凭他那一双狠毒的眼睛，也能看出点儿什么来。于是，他转身向煤山后面走去，那上面有一些灯，像是一些熬红了的眼睛。老狼也离去了。他听到老狼边走边说，唉，真是奇怪啊！一边慢慢地摇着头，一点一点地向远处移动，消失。

奇怪就奇怪吧。他想。旁边有一座房子，他从窗户上的一片玻璃上看到自己正浮现在里面，脸是模糊不清的，醒目的只有那两撇胡子。别人非说你奇怪，认定你奇怪，你也没有办法。老狼已经走远了。不过，他又看了一眼浮现在玻璃上的那个形象后，不得不在心里承认，老狼说得对，是够奇怪的。一个原来十分熟悉的人，突然间变得无比陌生，这难道还不让人感到奇怪吗。四周一带已基本没有什么人了，他解下背上的篓子，开始往里面装炭，都是很大的块，最小的也有碗那么大。眼前这些在阴天和晚上依然闪着光亮的东西让他心绪涌动，难以平静。什么叫品质？什么叫本色？在阴天和傍晚依然如故地闪着自己的光，这就是品质和本色，并不是只面对阳光时才闪闪发亮。每次握住它们的时候，都会有一种灼热的感觉迅速地流遍他的全身。这以后，他像一名穿越封锁线的交通员一样，十分机警而又敏捷地来到铁丝网面前，趴在地上，腾出一只手从口袋里掏出一把钳子，很快将面前的铁丝网剪开一个口子，然后迅速地从下面爬出去。为了行动方便，冬天里他不敢穿过于厚重的棉衣，寒冷的天气常常使他从里到外一片冰凉。值班的人只盯着大门口，很少注意铁丝网那边的动静，这在很大程度上使他每次都能顺利地过关，而不至于有什么闪失。跑出去很远以后，他停下来喘息着，听着河里的水声，又回头望着那个顶部装有探照灯的瞭望台，轻声地说道，再见。

这样的情景也时常出现在校长万念的眼前，总是让他感到无所适从。在学校里，余天是最容易迟到早退的一个人，为什么？因为总有事被分心，甚至脱不开身。万念不是没有说过他，但好像没有什么用。每次，万念一说他，他就哭丧着脸说，我穷啊！我没办法，一点儿希望也没有。万念说，这年头谁富裕？谁也不富，好像就你一个人是穷人。

余天把眼一闭，说，你骂吧，你想骂你就骂吧。

"我是要告诉你，"万念说，"你不能再去偷炭了，你已经暴露了，你还不知道吧？"

"怎么，有人反映到你这里来了？"余天忽然睁开眼睛，吃惊地看着校长，校长也在看着他。

"你以为呢？"万念说，"矿上保卫科的龙科长已经和我见过面了，他早就发现你了，就因为你是个教书的，所以才给你留个面子，你也得给他点儿面子，是不是？铁丝网一次次被剪断，那是他的失职，听说矿长已经批评过他了，他很不高兴。要是一般的毛贼，他早就抓起来了。"

"怎么能肯定那就是我？难道所有的铁丝网都是我剪断的？他们又没有抓住我。"

"为什么非得让人家抓住呢？真抓住了，你的脸往哪儿搁？你还能继续为人师表吗？”

“他是怎么说的？”

“他说，‘那个王八蛋，气死我了！他当我们是傻子呢，以为我们一直蒙在鼓里。铁丝网破一次，我们补一次，谁干的？我其实早就发现他了，看他是个教书的，才不想逮他。他是不是感到很得意，以为自己是个素质很高的侦察员？是不是？他妈的！’”

“校长，龙科长是个坏人。”

“谁说的？这完全是胡说，你可不能这么胡说。龙科长基本上还是个好同志，宁肯个人受点儿委屈，也懂得组织原则，知道有事应该通过组织来解决，而不是私下蛮干。他来找我，就很能说明这一点，说明他很想通过组织来解决这件事情。他要是不通过组织，而私下蛮干，你恐怕早就没命了。”

“怎么，要杀我？”

“龙科长向我透露，他们准备给所有的铁丝网全部通上电，变成名副其实的电网，到那个时候……”

“别听他胡说！铁丝网要是通了电，每天不知会电死多少人，那些猪啊鸡啊羊啊，也会统统完蛋。另外，他们自己的孩子们也常去那里，我不相信他们不怕。他也就是嘴上说说而已，这是他最后的一招了。”

“余天啊，炭够烧火做饭就行了，要那么多干什么呢？你不会是准备用来卖钱吧？”

“我穷啊！我没有办法，一点儿希望都没有。”

“这年头谁富？谁也不富，我们大家彼此都是穷人。”

“校长啊，你们夫妻两人都教书，你们的女儿也能给家里挣钱了。我呢，家里只有我一个人挣钱，我的老婆是一个只能花钱不能挣钱的女人，另外还有两个不懂事的讨债鬼。我们不一样哩，在很多方面都不一样哩。”

“你也让她去挣嘛。”

“说得容易，她到哪里去挣？拿什么去挣？除了去卖，女人哪里能够挣到钱？挣不到的。就是真的去卖，我看也挣不了几个钱。”

“哎，你可是越说越不像话了啊，我可没有让她去做那事，我是在帮你出主意。”

“唉，没有主意啊！我想了多少年，早就明白人生在世根本就没有什么好的主意能够救自己。我还明白了一个道理：无产者要想解放全人类，首先必须得解放自己，不解放自己，一切都是白说，怎么能够去救别人？”

四

学校还是原来的老样子，与你在的那时候一样，所不同的只是人比过去多了。正面十几间房子连在一起，出门是又宽又高的台阶，台阶上和台阶下的空地上都长着树，一棵比一棵苍老。每年的演出都在空地南面的那个旧戏台上进行，老鼠和演出者在上面一起跑动，锣鼓咚咚锵锵地一响，老鼠们基本上都藏起来，不出来了，只剩下演出者戴着假胡子在上面来回折腾。学《毛选》，识字，种地，摘棉花，破除迷信。四个老汉学《毛选》，两个老头剥豆子，经常能从一颗小小的豆子中剥出人生和异常尖锐复杂的阶级斗争。过了西边的那个小圆门以后，教室都散落在那里。操场在最西边，与一些打谷场连在一起，这就使有人常把从地里拉回来的谷子和莜麦堆到操场上。

另外，马和驴也常在操场上溜达，啃吃四周的青草，这些马，有时候会一直走到教室前，将头贴到窗户上，或者从门外伸进来，向里面张望，像是某一位来学校里看望孩子的学生家长。有一次，李富在操场上逮住一匹马，骑上去兜了几圈，高兴劲还没有过去，就被正好从打谷场上路过的会计给看见了，会计很不高兴地把李富说了一顿。会计对李富说，想骑回去骑你妈去！李富说，怎么这么说话？还是会计呢，还是党员呢！会计说，你还是教师呢，拿什么教育学生？末了，会计还说要到公社去告，去反映。李富说，去告去吧，去反映去吧，大不了我也被别人骑上一回。

学校每次开会的时候，校长万念都要说：

“来点儿盐（颜），来点儿鱼（余），再来点儿粮（梁），再来点儿松香（孙香）。孙香来了没有？梁赞美来了没有？余天来了没有？这家伙又没有来吧？又到自留地里去了吧？”

校长说的盐是指树声，树声姓颜，鱼代表余天，粮是梁赞美，松香就是孙香，除了余天，其余三位都是女教师。时间一长，下面的人们也常说，来点儿盐，来点儿鱼，再来点儿粮，再来点儿松香，这样的结果最终是什么呢？最终的结果只能是万念俱灰。万念俱灰，校长说，我就知道有人一直在想钻我的空子呢。

学校里有两架风琴，万校长、树声、余天、孙香，甚至李富等人都能来几下，但都不甚精通，弹得最好的只有梁赞美，似乎不仅仅因为她是学校里的音乐教师。梁赞美这个女人好像是从大城市里流落到这里的，很多人都对她充满兴趣，想了解她的历史和出身，想知道她的来龙去脉，想看她的档案，但都没有得逞。校长万念就常说，一个人的档案是可以随便看的吗？档案就是档案，档案又不是报纸，这是一种专门需要藏起来不给人看，又专门有人保管的东西。我们活在这个世界上，也只剩下这一点儿秘密了，但也是相对的秘密，并不是绝对的，因为，要是负责管档案的人想看你的时候，就可以尽情地看你，使劲地看你，拼命地看你，想怎么看你就怎么看你，想什么时候看你就什么时候看你，一直把你看得精疲力竭，落花流水，山穷水尽，一直把你看到厌倦为止，从此再不想看你。她不算漂亮，但四肢修长，皮肤雪白，又有一种别的女人所没有的气质，这就使她似乎很漂亮——正是这种别的女人所没有的东西使她永远与众不同。她究竟是从哪里来的呢？她究竟是怎么回事呢？很多人都曾有过这样的疑问。她喜欢穿黑色的丝袜，这又是她区别于别人的地方。黑色的丝袜，供销社里没有卖的，谁也不知道她是从哪里买来的。有人说她有一个箱子，里面全是没有穿过的黑色的丝袜。这就有点儿问题了，宝才说。宝才每次来学校，都要对校长万念说，老万，这个女人不寻常啊。万念说，别胡扯，她可是个好教员哩，我们正准备培养她入党呢。宝才吃惊地看着校长，说，你不是被她给迷住了吧？那样的人也敢往党内拉？你好好想想，她的身上可曾有一丝一毫无产阶级的气息？万念想了一会儿，说，她挣的工资还没你多呢，你怎么看这个问题？宝才说，这不说明什么，只能说明我对革命的贡献比她大，资格比她老。万念看着宝才，不再说什么，露出黑黑的牙齿，目光里有水一样的东西在流动、闪烁。无产阶级的女人应该是不穿袜子的，她们敢于用自己的赤脚去蹚泥水、踩牛粪，而她敢吗？她不仅在夏天里还穿着丝袜，而且还穿着锃亮的皮鞋，这真让人受不了。稍微遇到一点可疑的东西，她也会小心翼翼地绕过去。这样的一个人，恐怕永远也不可能与我们打成一片了。宝才的眼前时常会浮现出梁赞美的那双穿着黑色丝袜的脚，又薄又瘦，惹人怜爱，又有一种让他不由得松动的秀美的韵致。平心而论，他也觉得不应该让这样的一双脚去蹚泥水，踩牛粪、甚至长出硬茧，裂开口子。不能啊！他听到自己的心里在呼喊。有时候，他会走着走着忽然停下来，认真地听一阵她的琴声，琴声常常使他忘记时间和自己出来的目的。“不好！我可能被迷住了！”醒悟后，他既吃惊又害怕，不断地在心里鞭笞自己，这似乎是变质的开始和胚芽。

有一天晚上，李富在供销社喝醉酒后，在摸黑回去的路上，他一边跌跌撞撞地走，一边说：“梁赞美啊梁赞美，如果她前世不是妖精，那么，我就是妖精。”同行的人都被他吓了一跳，谁也不知道他在说什么，又幸亏梁赞美不在场。他不能喝酒，从来也没有喝过，但却执意要喝，一喝下去以后就不对了。先是嘻嘻地笑，让在场的人感到毛骨悚然，十分害怕。人们对他说，你醉了，赶快回去睡吧。他拼命地挣脱出来，坐在一块石头上，又解开所有的扣子，头发向一边倒去，说：“我没醉，我从来没有像今天这样清醒过。”人们说，没醉最好，赶快回家，明天还有课呢。他说：“我叫李富，对吧?”他的眼睛盯着大家。人们说，对，没错，你就是李富，别人都不是李富，只有你一个人叫李富。听到人们这样肯定的回答后，他也点了一下头，似乎放下了一半的心。但接着又说：“为什么我一点儿也不富？从来就没有富过一下？甚至连那方面的一点儿迹象也没有?”人们似乎都被他问住了，面面相觑地看着，谁也不知道该怎样回答他。僵持了一会儿，后来，大家忽然齐声说道："谁富了？王八蛋才富了！我们大家不都一样吗？谁富谁是王八蛋！"星星在距离他们很远很高的夜空里一闪一闪地亮着，河水在不远处的旁边很满很盈足地流着，发出阵阵油一样的声音。坐在一块大石头上的李富久久地目不转睛地望着大家，眼里的泪花不住地打转，闪闪发亮。有人帮他系上扣子，他很顺从地接受着摆布，也并不拒绝。他身上的这件蓝色的中山装已经褪得完全发白了，再看不出当初的一点儿蓝颜色，变得又薄又酥，轻飘飘的，像麻，被风鼓起来的时候，又如同一件绸缎的衬衫，稍一推搡，便会不可避免地绽开一些口子。人们说，慢一点儿给他扣扣子，要是把他的衣服扯破了，他回去可没法交代，他的女人不会轻易饶了他。扣子终于全部扣好了，却忽然看见他的两个袖口都烂纷纷的，大家不由得一阵紧张，吃惊得几乎说不出话来。这是怎么回事？不会是刚才扶他的时候不小心弄破的吧？有人判断说，看样子破了已有些日子了，不会是我们弄破的。又问李富，这是怎么回事？袖口是什么时候扯破的？李富不说话，只是眼泪汪汪地看着大家，恍如在梦里一样。大家沉默了一阵后，说，既然破了就破了吧，我们也不想让它破，是它自己要破的。大不了回去吵闹一番，打一架。有人忽然在黑暗中大放厥词，扯着嗓子对着黑暗的夜空说，他妈的！总有一天，我要把所有那些不通情理的女人全部打死！一个一个地都打死！一个老成些的声音说，算了吧！别胡说了，都已经这么晚了，一会儿你回去还不一定能不能叫开门呢，十有八九是叫不开的。那个高叫着的声音仿佛被击中了真穴，掐断了喉管一样，立刻不再出声了。仅仅沉默了片刻，又叫了起来，说，她要是今天还像以往一样敢不给我开门，我非打她个稀巴烂不可！有人说，过足了嘴瘾没有？过足了，我们就走吧，再不走，天就要亮了。

在夜风的簇拥下，他们先送了李富。

李富的女人来开门的时候，刚要开口骂，忽然看见门口站着一群人，都是学校里的老师，李富的同事，马上闭上了嘴。于是，大家耐心地向她解释李富那两只烂纷纷的丝丝缕缕的袖口，说这是我们大家不小心给扯破的，不是李富自己弄破的。因为大家的心里都没底，到底也不知那是怎么破的。女人笑着说："没事，明天我给他补一补就行了。"有人大声说："好女人啊！李富够得上是一个有福的人，不像我们这些王老五。"李富的女人被说得红了脸，闪在一边，请大家到屋里来。李富也乘机狗仗人势地对女人喝道："还不赶快过来帮我脱衣服？还等什么！是不是想让我收拾你？"女人的恶毒的眼睛在柔情地笑着，像是两粒包裹着糖衣的药片。

风琴响起来的时候，校长万念正拎着一把沉重的黑铁壶往那几个竹皮暖水瓶里灌水，他的手忽然颤抖了一下，一股水顺着壶嘴流到了地上，发出一阵很空的嘭嘭的声音。是开水，只有沸腾了的水才能发出这样的声音，老曹总算是把水烧开了。以前，每次听到水溅到砖地上发出的那种很瘪的啪啪的响声时，连他这个软性子的人也会感到十分恼火，叫来老曹，骂一顿。但老曹根本不尿他，也完全不把他放在眼里，冲着他说，嫌我烧得不好，你自己烧去！你自己为什么不烧？球大的一个校长也想指手画脚地让人伺候！你要是再往上升一升，我们就都别活了！老曹把他噎得说不出话来，哑口无言，只能露出嘴里的黑黑的牙齿，看着怒火万丈的老曹。老曹是学校里的大师傅。万念想，我他妈的真没用，连个做饭的大师傅也管不了，镇不住。

现在，他基本上不再教课了，他终于有了那种多年的媳妇熬成婆的感觉。偶尔把全校的人集合在一起，给他们讲一讲目前国内和国际的形势，拣自己知道的讲，在这方面，从不敢随便虚构、编造什么。学校的后墙就紧挨着公社，稍微有点儿什么，马上就传到公社去了。因为离得近，公社的人也常来这里，比如讨厌的宝才，就是学校里的一位常客，还尤其喜欢和女教师们聊天，一聊起来就不走了，把什么都忘了。这个蠢材啊！说他干扰学校的工作，一点儿也不过分，一点儿也不夸张。

小米饭焖好以后，老曹给他送来了那一大铁壶开水，顺便告诉他，最后一筐土豆也于昨天全部吃完了，中午什么菜也没有，只有一大锅焖熟的小米。“总不能光吃小米吧？”老曹看着他说，“总不能什么也没有吧？”老曹站在他的对面，像是在故意给他出难题，想把他难倒，但又像是一名犯了错误，等候发落的学生。

“怎么办呢？”他看着老曹，说。

“是我在问你呢。”老曹说，“你是校长，你肯定知道该怎么办。你说吧，我听你的。”

“实在不行，就去供销社买糖去吧。”他说，“买古巴红糖，回来和小米拌起来吃。”

“也只好这样了。钱呢？”

“先赊上，让他们记在账上。”

“好吧，豁出去我这张老脸不要，我就再去赊一回吧。也不知道能不能赊得回来。”

“不是你在赊，是学校在赊，要闹清楚这种关系。”

看着老曹的身影在门口消失以后，他叹了一口气。老曹这个老家伙啊，一点儿也不懂得为领导为集体分忧解难，从来就不懂，一有了不管大小的什么问题和麻烦，就原封不动地给你搬过来了，像棒槌一样直挺挺地戳在你的眼前，让你难受，让你烦恼，让你心绪不宁，束手无策，走投无路，让你绝望，让你严峻，让你黑暗，让你寒冷，让你前无古人、后无来者。

有人告诉他，宝才又来了，正在那边听梁赞美弹琴。

中午开饭的时候，他说，来点儿盐（颜），来点儿鱼（余），再来点儿粮（梁），再来点儿松香（孙香），再来点儿古巴红糖。孙香来了没有？梁赞美来了没有？梁赞美为什么不吃饭？哦，她的牙不太好，从不敢吃糖。他自己的牙也很糟，一嘴黑黑的东西，但他从不在乎。时常半张着嘴，露出那些发黑的牙齿，很笨拙地看着你，无声无息地笑着，让你清晰而真切地感受到一种大智若愚般的东西，与你近在咫尺。面对金黄的小米，他显得比谁都高兴。他忽然想起一个人来，于是吩咐说：

“去，叫蠢材来吃饭。”

有人告诉他，宝才已经走了，听说中午是小米，什么话也没说就起身走了。他听了，愣了一下，然后开始埋头吃饭，颜色红黄的古巴糖使他想起了供销社里的那几个花天酒地的家伙，想起了成天醉醺醺的麦主任和寂寞地生长在供销社后院里的那一畦一畦的青菜……又想起了听完琴以后不辞而别的宝才，日他妈的宝才！一听说中午是小米就赶快跑了。连小米也不喜欢，他以为他是谁？人们端着碗到处走来走去，食堂门口那边传来一阵笑声，是由一个比较下流的笑话引发出来的，有人边笑边颤抖，连手里的筷子都掉到了地上。他听到一阵清脆的皮鞋走路的声音由远而近地传来，又渐渐地远去，梁赞美修长的腿和黑色的丝袜从他的眼前飘过去了。她至今还是单身一人。有一个人，他清楚地记得，从外边来过一个人，是来找梁赞美的，但那已经是好几年前的事了，而且也仅有那一次，以后再没见有人来过。梁赞美这个女人啊，有什么事都装在自己的心里，不喜欢与别人交流，这是多么不好的一种性格啊！应该说出来，他觉得，起码对自己也是一种有效的释放甚至保护，还因为人们从来不知道你在想什么。一个人的心事如同一粒米，如果在自己的心里存放得久了，必然会发霉，甚至像一棵恶草一样独自生长，要是及早把它扔出去，那可能就什么事也没有了，一切都会自然轻松起来。为什么不能这样做呢？这样做不是很好吗？扔掉那一粒成色阴暗的米也许并不需要太多的勇气和思考，有时不过仅仅是一念之间的事，甚至比吹一声口哨还要容易一些。最简单甚至最原始的办法能够解决最复杂最让人伤神的事情，他一直这么认为，但好多人却不这么认为。

来点儿盐（颜），来点儿鱼（余），再来点儿粮（梁），再来点儿松香（孙香）……每当说起这些时，他都仿佛在唱着一支古老的歌谣。别的都又模糊又遥远了，只记得这些。

他眩晕了一会儿。后来，抬起头，看到那口生了红锈的钟依然一声不响地挂在对面的那棵榆树上。

五

这些天，兽医用在牛和小猪身上的心思被分散得很厉害，以至于他三天两头地回来，还经常找到学校里来。女人许仙在学校里代一点儿课，他回来，看见她不在家里，就找到学校里来了。校长万念有好几次在学校里遇到他，对他说，怎么，觍到我们这里来了？是不是上面有什么精神，要扩大范围？兽医很有点儿凄惨地笑着，笑容像是一个被不小心弄破了的苦胆。“苦啊！”他对校长说，“我们的日子真叫苦啊！”他随手提着一个小包，里面装着一把亮闪闪的小刀、粗大的针头和注射器，以及一些牲畜用药，有时甚至还会有几个生鸡蛋。校长免不了要宽慰他一番。貌似糊涂实则心细的校长啊，其实很早就发现代课教师许仙的样子有些反常，尤其是今年开春以来，经常动不动就无缘无故地发火，见了人好像连笑也不会笑了。许仙也是个四肢修长身材苗条的女人，与梁赞美有点儿相似，但不像梁赞美那样仪态万方，这可能与她的出身有关。去年，她十岁的儿子在煤矿附近的那个水塘里淹死了，她的变化大约就是从那时候开始的。孩子出事后，万念破例放了她一个月的假，原本是让她认真休养，恢复精神的，却没想到她会朝另一个方向变化，而且是那样的惊人，让人不敢相信。兽医十分烦躁地对校长说，这个女人啊，我越来越不知道她在想什么了，越来越让我不认识了。连她自己也常对他说，从前的那个许仙已经在去年那个天色阴晦的午后死去了，现在面对着他的是另外一个心如死灰的陌生的女人。她的这种宣言式的说明让兽医哭过不止一次，他的原本就不太灵便的舌头变得更加笨拙而不好使唤了。他几乎没有一天不希望她能回心转意，同意再生一个孩子，以期恢复和重现昔日的那个令不少人羡慕的家庭，但女人似乎铁了心，真正的什么都不再想了。这个仿佛被时间念了咒语的女人啊，不能说她有多么漂亮，多么美丽，但作为女人，她绝对不难看，尤其是她的身材。兽医的意思是，作为一个村里的女人，一名代课教师，有这样的一副姣好的身材也实在没什么用，一辈子也基本上派不上什么大用场。既然如此，为什么不能怀一个，再生一个呢？为什么要白白地浪费，让人看着可惜呢？平时，他没少用他的那个笨拙得要命的十分不便于表达的大舌头开导她，我们总不能一辈子都没孩子吧？他说。总得有一个吧？多了没有，一个总应该有吧？将来我们老了，谁管我们叫爷爷奶奶，姥姥姥爷？女人说，你去死去吧！你想得还挺远，是不是还想预备做曾祖父？想得远吗？复杂吗？爷爷奶奶，姥姥姥爷，曾祖父，曾外祖父，他并不想让自己的身份变得有多么复杂，他只是觉得那不过是再普通不过的人之常情，无论从哪方面来说都并不算过分和出格。但自从有了他这样的开导之后，女人时刻都在警惕着他，对他戒备森严，加紧了防范。两个人每次在一起睡觉的时候，她的眼睛睁得很大，十分严肃地看着他，这让他常常觉得自己像一个坏人，甚至无耻的小人。有时甚至会用一个橡皮筋将他紧紧地捆绑起来，五花大绑。这是在干什么？她说没什么，只不过是为了保险，为了更加安全起见。不容分说的捆绑使他既狼狈又扫兴，还伴有一种深深的屈辱在心头涌动。他说，你不能这样。她不理他，将自己用被子裹紧，很快就闭上了眼睛。女人啊，这个自以为是的女人啊，经常让他胸闷气短，束手无策。唉，不像话！真他妈的不像话啊！

兽医的一位叔叔曾经有一次对兽医说，你那个女人，也该管一管了。仗着自己长得不赖，把谁都不放在眼里，连孩子也不愿意生，这是一个什么女人！我真为你难过。女人不像女人，男人也都更加不像男人了。他本想说就这还不行呢，但最终说出来的却是，是的，要管一管。此后不久的一天晚上，他刚从一个村里劁猪回来，忽然感到附近不远处有一双隐秘的眼睛在注视着他，他的脑子里马上就嗡嗡嗡地叫了起来。那双眼睛像是叔叔的眼睛，但又不完全像，它使他的背上感到一阵剧烈的疼痛。那时候她躺在那里，眼睛望着天花板，不知在想什么。后来，黑暗就来了，不过并不是冬夜的那种寒风刺骨、冷彻心肺的黑暗，而是春天夜里的那种湿润和宁静，宁静中又有再生命的萌动。是的，就是一片初春时分的沉醉却又醒来的原野，柳梢未绿先黄，桃花将开未开。不管她是真是假，重要的是他终于抓住了一个时机，像农民耕作一样，终于赶在芒种之前下了种……对土地和秋天有了一个交代，这就够了，他想。

事情结束后，他露出了无限满足的笑容。女人经过一段时间的反思般的酝酿后，也终于睁开了眼睛。她看着他站在距离她不远的地方笑着，那笑容让她感到有些奇怪。

“你笑什么？”女人说。

“我非常高兴。”他说。

没有人知道充满在他内心深处的那种喜悦之情，无限的喜悦。不久之后，又多了一层期盼，像怡人的绿荫一样长驻在他的心里。他知道有希望了，虽然现在还什么也看不到，但用不了多久，一切就都会破土而出，这似乎已成为不争的事实。一个时期以内，这样的一种希望一直都在暗中激励着他，十分有力地鞭策着他，使他无论在任何时候都充满了朝气，连劁猪骟马也是那样的富有情趣。我从事的也许是一种很崇高的事业呢。他一有时间就这样在想，思考得也越来越深入，内容也更加庞杂、斑驳，有时甚至完全超出了他的承受能力。

但是，有一天——他已记不清是哪一天了，他突然发现他长期以来一直孜孜不倦地思考着的那个世界发生了让他瞠目结舌的变化，不仅中心变了，从根本上发生了动摇，就连所有的颜色和形状也都让他感到突然而陌生、惊愕极了。正是在他的思考和期盼交替平稳运行的时候，有一天，他突然看见许仙一个人在河滩里一遍一遍地搬石头……一开始的时候，他完全不明白她在干什么，慢慢地才看出那是一种相当徒劳的行为，像是原始社会里才会有的一种人们最简单的劳动情景。她只搬动那些大的石头，另外那些小的都不在她的眼里，一趟一趟地搬来搬去，头发披散到眼前。她的脸上一定有汗，但过来过去，没见她擦过一下。有些石头的重量，已远远超过了她的劳动能力。

兽医怀着一种无比困惑的心情，站在那里看了一会儿。后来，他如同被人从背后猛击了一下，突然明白了眼前的一切……一明白过来后，他感到自己被吓得浑身发软、无力。这以后，他几乎是摇摇晃晃地冲向河滩里。在那片比较开阔的地带，只有他们夫妻两个人。河滩里的石头很多都被动过了。

女人看见他的时候，她的怀里还抱着一块圆溜溜的白色的石头，突然到来的惊吓和意外，使她忘记了那块石头的重量和存在。她就那样一直抱着那块石头，像是要把它用自己的体温焐热，焐出某种情感来。

“你这个女人，你这个恶毒的女人！你这个糟糕的女人！你在干什么?”兽医在空旷的河滩里大声地说道，“想用搬石头的办法把我的儿子扼杀在摇篮里，办不到!”

“……办不到!”过了很久以后，他的那种愤怒至极的声音还在空荡荡的河滩里回响着。

此后又有一天，他去学校里找她，看见她正领着她的一群学生在操场上拔河。他站在一排树后看了一会儿，不无惊讶和恶心地看到她比所有的学生都卖力。作为老师，她没有拿着小旗指挥两边的学生，而是身先士卒地站在一个最重要的位置上，充当着主力的角色。没有任何一个学生像她那样忘我地投入，用尽全身的力气紧拽着绳子。从旁观者的位置看去，她更像是其中一方的舵手和靠山。

兽医忍着内心深处的疼痛和不可名状的焦灼，默默地看了一会儿，他没有像上次在河滩边那样不顾一切地冲上去，对她进行愤怒的揭露和大声的叫喊，经验告诉他那样不行，不仅于事无补，还容易使事情彻底公开化，进而恶化，使她横下一条心，一直走到黑。女人一旦发起狠来，会比所有的男人更彻底。兽医想了一会儿，觉得自己应该去找校长。

兽医见到校长的时候，校长万念正在擦拭一只玻璃灯罩，他不时地往灯罩里呵气，然后用一块破布在里面仔细地转来转去，然后举到眼前看一下，照一照。兽医从外面走进的时候，万念高兴地举着灯罩，大声地说道：

“同志啊！我可找到你了，你让我找得好苦啊！”

兽医有些惊异地看了万念一眼，他不明白这个一向老成持重、不苟言笑的一校之长在干什么。不会是在发神经吧？他飞快而粗略地想了一下，然后便把刚才在操场上看到拔河的情形告诉了万念。兽医冲动不已地对校长万念说道：

“哪个老师像她那样？她那样拼命地和学生们拔河，明摆着是要把肚子里的孩子给拔掉嘛，想扼杀掉我的儿子。”

“我看，现在还不能肯定她怀的就是儿子。”万念说。

“什么话！不是儿子？”兽医说，“就算不是儿子，难道女儿就应该被拔河拔掉吗?”

“我说说她，告诉她以后不要再拔河了。”万念说。

“这不是办法哎!”兽医忧心忡忡地望着校长说道，“要是不让她拔河，她还会去干别的，尤其是那些重体力的事情。”

“那我可就没办法了。”万念说，“我总不能时刻都跟着她吧?不能她到哪里去我就到哪里去吧?别说我，你也不行，你也不能总那样跟着她。这事主要在于她本人。”

有一天，许仙终于流产了。她如释重负。

作为许仙的丈夫，兽医至今都不知道她是通过什么方式流产的，又去河滩里搬石头?去买米?又去拔河?他猜不出来，也没有更多地去想。得知消息以后，兽医顿时感到眼前一片漆黑，仅有的一点希望和等待也最后破灭了。兽医在一天中哭了几次，为自己，为那个还没有来得及见面的儿子或女儿。

这以后，他离开家，去了下面的一些村子里。

他长久地蹲在牛栏旁，蹲在猪圈和兔窝边，看小牛犊出生，看小猪出生，看兔子的家族里又补充了新的血液。先是兔妈妈慢慢地出来，然后是刚出生的小兔子们一只一只地跟在它的后面，像一些不懂事的孩子一样，相互牵引着，手拉着手，有的眼睛还没有睁开，摇摇晃晃，胆怯无比地感受着家庭外面的阳光和微风。它们的出现，使兽医忘掉了烦恼。欢蹦乱跳的小猪们拥挤着吃奶的情景，让他感到脖子里不住地发痒，仿佛它们是在吸吮他的奶。真痒啊!他想。他用自己的手去扶那些刚落地不久的小牛犊，它们踉踉跄跄地挣扎着，怎么也站不起来。他用鸡蛋清喂它们，又把馒头在自己的嘴里嚼碎了，一点一点地喂它们。用手指轻轻地捋它们的眼睛，捋着捋着，它们的眼睛就睁开了，无声地看着他。“站起来。”他低声说道，又用鼓励的眼神看着它们。不久以后，在他期待的目光里，它们终于摇摇晃晃地站起来了，头显得尤其沉重。身体已经站起来了，头还低着，需要努力和挣扎，才能非常吃力地一点一点地抬起来，那艰难的情形让他又担心又焦急。看着它们现在这种样子，他简直无法顺利地联想到它们将来耕地时的情景，那中间仿佛隔着千山万水——那中间分明就隔着千山万水，不是一脉的沿袭，不是成长，完全是另外一桩事情的开始。看着那些刚出生不久的小牛小猪，他常会想起自己的那个被流掉的孩子，他（她）会是什么样子的呢？这事只要一想，就会想上一整天，想得无边无际，密不透风，别的事情都插不进来，也代替不了。都说女人是水做的，把什么柔软啊，妩媚啊，芬芳啊，善良啊，与她们等同起来，成为她们的代名词。但通过这件事情，他发现女人的心是世上最坚硬的东西，如果愿意，可以摧毁一切。是的，没有比那更坚硬更尖利甚至更黑暗的了。过长的舌头使他常常拙于表达，但他的心里是清楚的。

现在，他总算是明白了。

有一个时期，那些油光光的皮匠和毛茸茸的毡匠们显得异常活跃，几乎每一个村子里都有他们的身影和气味。有时候，人走了，气味还在，那些柳絮一样的细密的茸毛还在村里村外飘荡，在路上、在院子里和房屋上面长久地飞舞，仿佛在认真而又漫不经心地追述那些人的点点滴滴。那些自由而又常年生活在阴暗环境中的人啊，靠一点手艺和几张钞票，他们有时候会变得浑身是胆，雄赳赳、气昂昂地扛着家伙，在每一个村里游荡、出没、安营扎寨。皮匠的营生多为公干，那些长长的缰绳，短短的搭扣和笼头，都是由他们亲手编织、裁制出来的。

库房里干硬的牛皮由他们来熟，熟好以后，他们一边在院子里摇动手柄，编织着长长的缰绳，一边聊着天，细心而周详地神情诡秘地甚至不怀好意地笑着，打听着村中的情况。什么都想知道，有时候越谈越细，越说越深入。皮匠们很难见到毡匠，后者住在某一户人家里，日夜在羊毛与牛毛之间滚来滚去，很少出门。偶尔站在门口向外面张望一下，头上顶着羊毛，脸上和身上沾着羊毛，令人难以辨认。虽然互相不见面，但他们的身上有很多相似之处，最重要的一条，都喜欢在女人面前一五一十地数钱。钱掖在裤腰里，松开裤带，用手摸索一阵后就出来了。等她们目光闪烁，迷离不定，心思开始左右摇摆的时候，他们就开始下手了。尽管他们浑身脏臭，但女人们也不嫌弃，也不在乎，她们在乎的是他们能拿出多少钱来，他们到底有多少钱。这些常年穿行、蛰伏在民间的人，他们的很多行为如同走村串户的特务，但很少被当作特务抓起来。有人把他们形容为四处飘荡的鸡毛，但他们也不是鸡毛。因为他们都是有来历的，有根基的，有名有姓的，有他们自己的村庄、家庭和祖先的坟茔，有他们的亲戚朋友，任何人只要存在于这张关系复杂的网上，就都不会是一株孤立的无本之木，如同典故一样有出处，无须多费事，就能轻易地查访到、打听到。比如，张皮匠的叔叔是王毡匠的姨夫，虽然张皮匠和王毡匠互不认识，但那个叔叔兼姨夫的人可以把他们串起来，又对他们双方的情况了如指掌，仿佛他们的根须或索引，使他们有迹可循，循之必见。李木匠先后搬过很多次家，每到一个新地方，用不了多久，很快便又为那里的人们所认识、熟悉。都知道有个李木匠，很会做门窗，心情好的时候，还喜欢在门窗上面精雕细刻，寄托一些东西，实现一些在日常生活里或其他方面完全无望实现的梦想。李木匠吗？认识，很会做棺材，做出来的棺材又大又沉，七八个人都抬不起来。另外，做活儿的时候，总有一滴露珠一样的清鼻涕悬而不决地挂在他的鼻尖上，让人看着揪心。几年下来，认识他的人成倍地增长，越来越多了。李木匠于不经意之间——完全是无意地——成为一个家喻户晓、妇孺皆知的人物。……从某种意义上来说，每个人都像是雪地上的一行脚印。

六

有一个故事，说的是余天化装成一名儒生，自称柳秀才，回到自己的家里，向他的妻子大献殷勤。独自在家的女人说，什么柳秀才杨秀才，我这一辈子眼不好，嫁了个教书的男人，已经够倒霉的了，你哪里来的，还请回哪里去吧。秀才扫兴而去，一路上喜不自禁又不胜悲凉。很多人都认为这个女人长得像传说中的鬼一样，她的一半以上的脸多年来一直都被披散下来的浓密的头发遮挡着，相信没有几个人看见过她的全部的脸，有人甚至怀疑余天本人也未必亲眼见过，这事如同一桩公案一样。但女人的另一半没有被头发遮住的脸却非常之美，尤其在早晨的霞光里或接近于无限透明的夕照里，看上去美得让人惊心，异乎寻常，出类拔萃。不甘心的余天，有一次在漆黑的羊圈里又一次将自己化了装，然后走进家里，将正在用梳子梳头的女人从后面抱住。这一次以武力相向，女人的变化让他着实吃惊不小，他听到了她的喘息声和几缕游丝断线般的呻吟。对于他来说，那是一种多么陌生的声音啊！此前多少年闻所未闻，竟完全不知道世上还有这样一种无论从哪个方面来说都够得上特别的声音，他不由得感到兴奋，新鲜而又不知所措。每一次化装，都会有一些或大或小的意外的发现或收获，并伴随着暗暗的惊讶和掺杂着不安与兴奋的喜悦，这样的东西在一段时间里一直形影不离地左右着他，影响着他的言行甚至一举一动。他的那双显得无比唐突的手在她的胸前盲目而乱七八糟地游走了一阵后，最后像一个经历了动荡的奄奄一息的生命一样歇息在女人的皮带上。他异常笨拙地解着女人腰间的皮带，但女人的皮带像无人在家的柴扉一样久叩不开。就在他感到焦虑无奈的时候，他听到女人轻轻地叹息了一声，然后低声说道："还是让我自己来吧。"惊异尚未过去，他就听到嘭的一声，女人自己把皮带解开了。这以后，他突然将她往前面的柜子前猛地一推，然后转身向外面飞快地跑去。他想躲进羊圈里，但又恐自己的身影显现在窗户上被她发现。女人啊！他想，他总算明白她们是怎么回事了。

女人啊！他觉得从此以后他再也不需要怕她们、顾及她们了，因为她们完全不值得顾及与尊重。

他想起以前，每次背上驮着炭，从铁丝网下面穿过的时候，他的衣服总要被铁丝钩住或者挂破，那时候，他是多么的害怕和惶恐啊！一路上忐忑不安，总是担心回去要挨骂，担心过不了女人这一关，把自己弄得愁云满面，心事重重，一身的伤痛。为什么会这样？说到底还是一种对于女人的在乎。什么是在乎？深究下去，就会发现在乎原来就是隐藏在最深处的尊重，对一个人的在乎就是对一个人的尊重，尽管有时候无论表面上多么的相悖，但根本上却是的啊，无论多么犀利的否认和雄辩也掩盖不了这样的一个事实。余天现在总算是明白了一个道理，女人，你越尊重她，她越不把你当回事，甚至不把你当人看。现在，余天感到自己把很多东西都彻底放下了，仿佛坐在一棵清风拂面的树下休息一样，一种劳累过后的轻松和微微的酸痛时常在他的周身流动、弥散。很难说此前的过去他的身上究竟背负着多少东西，连他自己也完全不清楚，连大致的估计也很难做出，也许是因为那一切都过于厚重了。现在，他真切地感到他把它们——那些多年以来一直都在无情地压迫着他，一直都在他的身上高高隆起的而从来又都一直不明白的东西一件一件地卸下来了，这使他有时候轻松得想哭，想大声地号啕一场。傻了那么多年，糊涂了那么多年，牛马一样挣扎、蹒跚了那么多年，煤油灯一样昏暗地熬了那么多年！

这以后，他像是完全变了一个人。

他哼着歌去学校里给学生们上课，一路上边走边哼哼，有时候哼的是很严肃很正经的革命歌曲，有时则哼出一些下流的小调，“……七月里来七，大娘呀！”

学校距离他的家有二三里的路程，一望二三里，他在路上哼不了多久就到了。除了上课，他还要领着学生们去收蓖麻、薅谷子、捋树叶、挖水渠、积肥，把葱绿的草木从田野里背回来，全部扔进水坑里沤得发黑，变成肥料。所有这些当然全都是白干，连一声表扬一声问候也听不见，因为每个人彼此都在做贡献。这些他都不计较。有时候，倒是来自学生们身上的某种热情和难以名状的东西让他感到恍惚而又不知所措，很难说在他们的中间还蕴藏着别的什么。一次，一个学生在作文里这样写道：

像大多数的中国人民一样，我的老师余天也是一个勤劳勇敢的人，每天放学以后，不论多晚、多黑，他都要拐到河东的自留地里去看一看。有一天晚上，天黑得伸手不见五指，我看见……

学生在念自己的作文，余天的眼睛瞪得很大，吃惊而认真地听着。他打断学生的声音，说道：

“既然天气是那样的天气，一个人连自己的手都看不见，你能看见什么？”

“我看见你在做好事，在为人民服务。”学生说。

“胡说！我做过什么好事？”

“你做过。”

“那么黑的天，连走路都困难，我能做什么好事？你说说，我为什么要在那样的天气里做好事？”

“那是因为你做好事不想让别人看见。”

“可你还是看见了。”

“我命好。”

“那么你说说，我那天做什么好事了？”

“你在帮助军属刘成万家挑水。”学生认真地说道。

这些孩子，可真能胡扯哟！他想。刘成万虽然有一个儿子在部队服役，但家里至少还有五个如狼似虎的儿子，另外，刘成万本人也并不算很老，能用得着他去给人家挑水吗？此外，谁会在一个天黑得伸手不见五指的晚上去挑水？不出溜到井里才是怪事。把这样的事情落实到他的身上，安到他的头上，他真的无法消受，无法不感到不安，这要是传出去，刘成万会找他问个所以然，你什么时候给我们家挑过水？刘成万可是个厉害的人，连公社李书记都不怕，连治安员宝才都不怕。

在一阵焦虑不安之后，他听完了学生写的作文，好在后面再没有更离谱更传奇的事情发生，他不禁松了一口气，放心了。这事无论任何时候想起来，都让他感到有些侥幸而又凶险，一直有一种脱险的感觉历历在目，萦绕不去，伴随在他的前后。事后，他对那个学生和别的学生说：

“都记住了，以后写作文不要写我，要写有意义的事情。我有什么意义呢？我没有什么意义。我是一个有自留地的人，家里还养着鸡和羊，还有一个断奶不久的孩子，无论从哪方面说，我都不值得你们写啊。”

学生们都望着他，有的眼睛水汪汪的。记不清有多少次了，他背上驮着炭，从铁丝网下面钻的时候，衣服被铁丝钩住，像被鬼拽住了一样，怎么也解脱不开，很多次都是被他的学生们营救出来的。王贵，快来救我！……贾珍啊，你来得正好，快帮我爬出来……为人进出的门紧锁着，为狗爬出的洞敞开着……任何时候，一闭上眼睛，他就能听到自己的那种在重负与绝境的双重压力下的沙哑急切而又无比压抑的呼喊，听到灰蒙蒙的冬天里北风呼啸的声音，听到世上的很多东西，包括他自己在内，都被冻得像竹节一样叭叭直响。“老师，你就不能少背点儿吗？”营救他的学生看着不堪重负的他，对他说。他无言以对。他在心里也承认自己真的有点儿贪多，负载在背上的重量时常都远远地超出了他的体能，让他感到如同背着一座山一样。有时候，学生们救他心切，慌乱中常常会将他的衣服撕破，这让他既心疼又害怕，害怕衣服破了，回去后无法向家里的女人交代。女人啊，男人的衣服在外面破了，回去后她们也要不肯放过地数落一顿，真不明白她们成天在想些什么。就是因为这个原因，使得他还常常向营救他的某一个或某几个学生发火、生气，埋怨他们毛手毛脚地撕扯了他的衣服。学生们把他从铁丝网下面解救出来，他从心里感谢他们，但哧的一声破了的衣服又确实让他焦躁不安，他觉得自己矛盾死了！想不百感交集也不行，更无法获得被解救后所应有的轻松。摆脱了矿方的捕获，却又要不可避免地遭受女人的数落甚至责骂，天下乌鸦一般黑，这句话让他一年一个地越理解越深了，有了更多的含义和指向，所覆盖的东西也日渐庞杂，越来越广了，几乎所有的人都能在这句话的下面找到各自的归宿。

有一天上午，一个留着两撇黑胡子的人来到学校里，衣着整齐，夹着一个黑皮包，胡须的两端有些微微上翘而卷曲，几个年龄很小的学生好奇地围着他看。来人看见这几个小孩子，显得很生气，但并不说话，只是用一只手夹住那只黑皮包，另一只手恼怒地挥舞着，想用挥手将那几个孩子尽快赶走。后来，他像老虎一样咧开嘴龇了一下牙，几个孩子都跑了。

来人穿过院子里的浓重的树荫，健步登上正面的台阶，径直走进校长万念的办公室里。

那时候，校长万念在灶火的灰堆里埋了几个土豆，土豆埋进去已经有一会儿了，但还没有熟。万念蹲在地上，正在用一根铁条翻动，灰雾在他的脸前弥散、飘荡。听见门外的石头台阶上有皮鞋的声音响起，万念转过头来，看见一个陌生人从外面走了进来。于是，万念站起来，手里依然拎着那根翻动土豆的铁条，对进来的人说道：

"你找谁？"

来人把手里的那个黑皮包放到小腹前，用两只手按住，这样一来，万念就一目了然地看见那个扁扁的黑皮包了。来人用严肃的表情看着站在对面的万念。来人对万念说，他是教育部的特派员。

“特派员？”

来人不住地看着万念的左手，万念猛然才发现自己的手里还拎着那根沾满炉灰的铁条，于是，他急忙把铁条丢到一边，然后充满歉意地对那个人说：

“对不起，我正在闹火呢。火总是不旺。”

来人没说什么，只是用鼻子哼了一下。

“特派员同志，您下来我一点儿也不知道。”万念对来人说，“我还没有接到县里的通知。以往……”

“恐怕你永远也接不到了。”来人微微地笑了一下，对万念说，“因为他们和你一样，也根本就不知道。”

“噢？连他们也不知道？为什么？”

“我这次下来，省、地、县三级教育部门都不知道，我就直接下到最基层来了。要下就下到底嘛。”

万念有些呆傻地看着来人，他的嘴变成了一个圆圆的黑洞，代表着他满脑子的惊讶、费解和一丝似是而非的理解，他啊啊地叫了两声，然后压低声音，用严肃而相当理解的口吻问道：

“是微服私访吗？是的，一定是这么回事。”

来人没说什么。

来人操着一口十分生硬的普通话，这一点，万念早就听出来了。等来人在一张椅子上坐下后，万念小心翼翼地问道：

“特派员同志，您不是北京人吧？”

“当然不是。”来人对万念说道，“在下面工作的同志，都有这样的认识，以为从北京来的人就一定是北京人，事实上这是一个天大的误会。事实是，在中央工作的人，绝大多数都不是北京人。”

“是的，您说得对极了。”万念说，“就我所知道的，首先，我们伟大的领袖毛主席就不是北京人，他是湖南韶山人，对吧（来人在一旁点头）？另外，周总理、朱总司令也不是北京人，还有在京的那些老部长、老将军，也大多不是北京人。”

“那我为什么就非得是北京人？”来人有些不高兴地说了一句。

“唉，是我没见识，让您笑话了。”万念张开嘴，露出嘴里的黑黑的牙齿，很难看地笑着。

“我不计较，也不笑话你。”来人说，“基层有基层的困难，我是能够理解的，把谁一辈子放在下面，也会这样。”

“谢谢您能理解我们这些人的苦楚。”万念感激地看了特派员一眼，又看看外面。就在这时，他忽然闻到了土豆烤熟后的那种让他熟悉不过的气息，但他不敢去看。他看了特派员一眼，吃惊地发现那一位的鼻翼也在微微地振动。

坏了，坏他妈的了！万念想。

“这是什么味道？”特派员突然冷不防问道。

“啊？您说什么？”万念慌乱地站了起来，“是火吧？”他说。“好像是火又行了，刚才一直不行，现在可能又行了。”

万念边说边来到灶火边，他向里面看了一眼，知道是埋在灰里的几个土豆这会儿绝对烧熟了，但有特派员在场，他却无论如何都不能把它们从灼热的灰里扒出来。早上他没有来得及吃饭，这几个土豆原本预备着要在上午吃的，现在看来是不行了，无论如何都不行了。这要是让特派员把这个消息带回北京去，说某某地方的一位学校校长在办公室里烧土豆吃，一定会成为一个在全国广泛流传的笑话的……这样想着，他又拎起刚才扔掉的那根铁条，胡乱地在火里扒拉了几下，然后走过来，对特派员说：

“真的是火又行了。北京喜讯到边寨。您不来，它一直不行；您来了没一会儿，它马上就行了，马上就旺了。”

特派员笑了，“你也很会说话啊。”

过了一会儿，特派员问起了学校里的一些情况，学生、老师有多少人？学校与所在地的公社革委关系如何？学校里有没有搞勤工俭学？比如办一个小农场，小养兔场？万念一一地做了回答。学校与公社的关系应该还是不错的，公社李书记有时会到学校里来，说是来串门的，实际上是对学校的关心，对党的教育事业的无限忠诚。就连一位并不分管教育的治安员，也可以说是学校里的常客。要是关系不好，能成为常客吗？小农场也有，校长本人还兼着场长呢，还有一位副场长，没有专门设立革委会主任和工会主席以及武装部长和办公室主任一类的职位。小农场里种着小麦、萝卜和胡麻，虽然亩数不多，面积不大，收成也不太好，但小农场总算是办起来了，只要好好发展，相信将来是会有前途的。小养兔场目前大概有一百来只兔子，除了十来个兔妈妈，其余的大多是年轻的小兔子们，将来拿到供销社去，能卖不少钱呢。

“你们这里有一个叫余天的人吗？”特派员说。

“有，有啊。”万念说。

“这个人平时怎么样啊？”

“书教得还不赖，就是纪律……比较松散一点。主要是家里很困难，生活本身太严酷了。说起来，他也是很愿意上进的，可惜的就是生活本身一直都在拖他的后腿。您知道吗，这么多年来，生活从来就没有维护过他的形象，从来就没有给过他半点儿做人的面子，一次都没有。”

万念一开始说的时候还有些轻描淡写，他想起了余天曾经说过的那些话，有些话真让他生气。但渐渐地，他不由得变得沉重起来，仿佛正在述说的是自己的一份从出生以来的不幸遭遇，连坐在一旁的特派员似乎也受到了触动，表情沉郁地看着他。特派员好像是突然回忆起了什么，不住地用手捋着自己的那两撇有些微微卷曲的胡子。万念不知不觉地停下来，有些迷惑不解地望着他。万念想，他为什么老摸他的那两撇胡子呢？两撇胡子有什么好摸的？真不明白那是什么意思。从中央来的人，他的一举一动，甚至完全不举不动，都不是地方上的人，尤其是像万念这样一辈子都生活在最底层的人所能理解的。万念从来不把底层叫作基层，底层就是底层，基什么层？说得那么书面又有什么用？说得再好听也丝毫不能改变底层的一砖一瓦，一草一木。但万念不明白眼前这位特派员怎么会突然提起余天，难道他们相互认识？他们怎么会认识呢？真是一个让人头疼的谜啊。

有一阵子，两个人都不再开口说话，静静地坐着，像是在等待着一件事情或一个人的到来。

这样的情景让万念感到憋得非常难受，不知道眼前这位特派员的葫芦里到底卖的是什么药。他想起了余天，这狗日的，竟然认识上面的人，这么多年竟一次也没有提起过，嘴够紧的。一开始还觉得奇怪，后来慢慢就不奇怪了，社会就像一张网，上上下下都有牵连呢。水磨头的那个叫什么弓二蛋的，不是就有一位做司令员的舅舅吗？是的，人不可貌相哩，每个人的身后都有一潭深水在晃动哩。又过了一会儿，他回头看了一眼墙上的那只许久以来都一直默不作声的老式挂钟，然后站起来，走到特派员的面前，像最初那样小心翼翼地问道：

“特派员同志，中午就在我们这里吃饭吧？”

特派员看了他一眼，未置可否。

“就在我们这里吃吧。我先去准备一下。”

说着，慢慢地出了门。一跨出门外，偏离了那位特派员的视线以后，万念就做出了一个与他的年龄和平时的习惯极不相称的举动：几乎是在拼命地逃跑，夺路而去。

后来，当他满脸瘟气地拎着一瓶酒和一只鸡重新回来的时候，发现那位特派员已经不见了，没有人在他的屋里。

鸡是他从自己的岳母那里借来的，还活着，翅膀和腿都用细麻绳捆着。当他把手里的鸡放到墙角的时候，鸡站立不稳，咚的一声靠着墙倒下了。他从心里叫了一声苦。

屋里还残存着那个人的一些气息，但更多的是从灶火那边飘来的焦煳味。他如梦方醒般地捡起那根铁条，在灶灰里翻动了几下，看见那几个土豆已经变得和木炭一样了。

这以后，他来到屋门口，看着空荡寂静的学校，又看见台阶下的树荫里有几只麻雀正在走来走去。

“哼！说什么是教育部下来的特派员，我看不太像！顶多是从地区教育局来的一个什么鸟人。”站在门口，迎着上午的阳光，他不禁有些生气地想道，“这年头的人啊，什么不能做的事情都能做得出来，真他妈的捣蛋！”

他走下石头台阶，穿过院子里的斑驳的树影，来到学校东边的一个豁口上，在那里站了一会儿，一直没有看见一个人。

后来，忽然开始有人了，一下出现了四个男人。四个人抬着一口棺材，几乎迈着一样的步子，朝一条巷子的深处走去。

又有人去了。看着那些人越走越远，身影被幽长的巷子越吸越小，他想道，许久以来，我们所有的人一直都不过是在含辛茹苦地胡闹。

七

女人回她的娘家奔丧去了，宝才获得了比以往更大的自由和无限的喜悦。宝才想，要是她经常隔三岔五地回去奔丧，那就更好了，一切都会变得更加美好起来。那些日子里，他高兴得饭都不好好吃，连睡觉也极不踏实，每天只例行公事般地睡一小会儿，生怕睡多了耽误大好的时光，造成人为的浪费。那些日子里，他腰里别着一把小手枪，到处出溜，到处乱窜，连许多平时从来不去的地方也都去过了。按他自己的说法和理解，就是该看的都看过了，连许多不该看的也都看了。四十多岁的人了，精力还是十分旺盛的，有时他觉得自己比那些二十左右的年轻人还要有精神。很多年轻人都不如他，有的甚至更像是以前的那些无精打采、奄奄一息的少爷。有一天他奉命去丁家村捉拿一个偷盗牛饲料的年轻人，让他吃惊和没想到的是，他还没有使劲用力，那个年轻人就像一根轻飘飘的葵花秆一样被他放倒了。那一瞬间，宝才真切地感到那个年轻的身体是那样的虚弱和衰败，完全是一具徒有其表的空壳。那一瞬间，惊愕和不解代替了他满心的得意和胜利的喜悦，他看到年轻这两个字在这里已失去了全部的意义。年轻有什么用，年轻又怎么样？问为什么会这样经不起折腾，不堪一击。年轻人靠在墙角，懒洋洋昏沉沉地说道：“饿的。”宝才说：

“少胡说吧！我们的国家目前形势这么大好，怎么就把你饿着了？尽给国家脸上抹黑。”

年轻人翻着白眼，看着宝才。

“宝治安，你想骂就骂吧。”年轻人有气无力地对宝才说。“我实在不愿意和你多说，也没有条件和你多说——身体不允许。我只想保存一点儿体力，好跟你到公社去，还有十几里路要走呢。走不动，你又不肯背我。”

“还想让我背你?”宝才说，“我看你是不知道马王爷有几只眼。”

“知道，三只，我知道你有三只眼。”年轻人说，“从我穿开裆裤的时候起，就知道你的厉害了。看见过你打枪、捆人。”

“为什么不主动去公社投案?非得让我来抓你?”

“我想去投，可是走不动路，只好麻烦你来抓我。这些天，我天天都在盼着你，哪里也不敢去，就怕你来了找不见我。我已经整整等了你三天了。我什么都不怕，就怕你不来。”

宝才歪着头，有些吃惊而费力地听着，他觉得眼前这个年轻人的话有很多地方让他听不大懂。他不怀疑自己，但怀疑这个年轻人很有可能是被饿疯了。一些最普通最浅显的话，说出来让别人听不懂、摸不着头脑，这就有点儿问题了。此外，他还从年轻人的话里隐隐地预感到他的这趟差事将不同以往任何一次缉捕所充满的意义，事情很有可能会朝着一个完全没有意思的方向发展，即使是全部的胜利，也会被莫名其妙地大打折扣。他仿佛已提前看到一种凋落的景象。

“看样子，你是早有准备了?”

“是的，我时刻都在准备着跟你到公社去。”年轻人充满向往地说道，“等到了公社就好了，一切都会好起来。公社总不能把我活活饿死吧？总得给我一碗饭吃吧？不是我在这里吹，我要是吃饱了饭，刚才被放倒的那个人就不是我了。”

“不是你是谁？难道是我？”宝才说。

年轻人看着宝才，神情凄然地苦笑了一下。

“光他妈想着吃饭，你知道会给你定什么罪吗？”宝才说，“盗窃、破坏，毫无疑问。”

“我才不管是什么罪呢，只要给饭吃就行了。”年轻人说，“说我是什么我都不在乎。说我是反革命也行，流氓也行，甚至说我是狗屎也行，我都不计较，只要每天能按时吃饭，我就知足了。每天吃完饭以后，打我一顿，我也没意见，骂和审问就更不算什么了——那是怕我闷，是在丰富我的业余生活。”

回公社的路上，宝才对年轻人说，要不是因为这一桩公事，我真想领你到一个饭店去吃一顿，等你吃饱了，我们真正地好好较量一场，看看到底谁厉害，谁能把谁放倒。年轻人说，吃饱了就恐怕更不行了，你请我吃饭，我能下得了手把你放倒吗？忘恩负义、过河拆桥的事，咱们绝对不做。宝才翻着白眼，看着走在他身边的这个年轻人。真是一块难嚼的牛皮糖啊！一路上真让他生气，不生气几乎是不可能的。宝才不断地训斥着年轻人，像父亲训斥儿子一样。年轻人有时候很听话，但有时又像一个不肖子孙，不断地和他理论、拌嘴。宝才说，你他妈的就等着吧，在这路上我不便动手，怕别人说我谋害你，等到了公社，看我怎么收拾你！年轻人说，只要有饭吃，什么样的收拾我都不在乎，不就是挨打吗。宝才从头上摘下帽子，一边在脸前扇风，一边谋划着一些措施和对策。年轻人走在他的身边，紧紧地跟着他，两个人像是去看戏或开会，又像是去贩牛。

回到公社以后，宝才把年轻人关进一间黑屋子里，又从外面锁上了门。临走的时候，宝才对年轻人说：

"暂时就不捆你了，让你舒服一会儿吧。谅你也跑不了。"

"我不跑。"年轻人对宝才说，"傻子才跑呢。我来公社干什么来了？我要跑，就成了真正的傻瓜。"

有人来叫宝才，宝才急匆匆地去了。快到中午的时候，关在黑屋子里的年轻人忽然睁开了眼睛，精神变得异常振作亢奋起来。年轻人从门缝里闻到一种让他蠢蠢欲动、坐卧不安的气息，他感到自己的鼻子变得像猎犬一样灵。从公社食堂里一阵一阵飘来的气息中，他飞快地思索着，判断着午饭的内容。他深深地抽动了几下鼻子，吸了几口从门缝里飘进来的气，他觉得很有可能是煮南瓜的气息和炒土豆的气息，另外还有别的一些味道，他暂时还捉摸不准，不敢妄下结论。他闭上眼睛，他觉得那锅里的南瓜一定是金黄的或橙红色的，颜色不用说，肯定漂亮极了，问题是用什么方法做的。什么方法都行！年轻人在黑暗中想。用肉炒出来当然最好，但即便是素的，也是非常不错的。就素的吧，素的就很好，这年头哪来的肉！食堂里一定有不少人，每个人都拿着自己的碗和筷子，耐心地等待着。有人一定等不及了，在用筷子叮叮当当地敲碗。年轻人想，唉，着急什么呢。年轻人自己从不用筷子敲碗，很小的时候曾经敲过，没有把饭敲来，却敲来父亲抽向他的一个巴掌。父亲恶狠狠地说，敲吧，你就使劲敲吧！敲碗敲筷子，讨吃一辈子。从那以后，他再没有敲过。碗有什么好敲的呢？他想，碗又不是鼓，碗就是碗，不是用来发出响声的。

被宝才关进黑屋子里的这个年轻人，这一生中最大的理想就是希望将来有朝一日，能够成为公社食堂的大师傅，当然是正式的、在编的，不是那种临时雇来帮忙的，什么时候说打发就打发掉了的。不过，现在看来，他距离这个理想还遥远无边，远得没有期限。如果老天有眼，将来真有那么一天，能够当上公社食堂的大师傅，管着全公社的柴米油盐，他一定会高兴死的。什么时候只要想吃就吃，很难想象那是一种什么样的日子，不是人过的日子吧？神仙的日子。但有一点他至今还不清楚，大师傅权力有限，根本管不了柴米油盐。在大师傅的上面还有一位管理员，那个人才是食堂最有权的人。要想实现理想，也得应该向管理员的位置冲刺。

不知又过了多久，有人给他送饭了。年轻人从黑暗中蹦了起来。来人把饭放在地上，将小窗户上的一块木板拿下来，探头向里面看了一下，什么也没有看见。来人说：

“你他妈的，偷牛饲料偷得有功了，还得让我伺候你，亲自送饭给你。”

年轻人从黑暗中来到小窗户前，看见站在外面的是公社食堂的真正的大师傅老李，他简直有些不敢相信自己的眼睛。来的竟然是老李，竟然是老李！看见站在外面阳光下的老李，他仿佛看到了多年以后的自己，他激动得有些说不出话来。老李近些年闹得可不得了，不但会做食堂里的饭，更善于为结婚的人家赶制宴席，在人们心目中的地位与日俱增，红得发紫。如日中天的老李啊！红得发紫的老李啊！肥头大耳的老李啊！

做人就要做这样的人。年轻人有些冲动地想道。

“这个黑房子里关过的人可多了，我也记不清你是第几个了。”老李抽着烟，站在外面说道。

“看你还不大。小小年纪，干什么不好，非得去偷牛饲料？不是我教唆你，偷一袋麦子，在这里关两天也值得。”

我要是有你那样一份差事，我也就不会去偷牛饲料了。年轻人看着老李，但没有把话说出来。

整整一个下午，宝才一直都没有露面。年轻人一开始还趴在门边，很注意地谛听着外面的动静，但也没有听到有人在外面走动，至少没有人到这边来。后来，他睡了一会儿，又醒了一会儿，完全混淆了时间。因为房门一直锁着，根本出不去，他又在黑暗中尿了几次，此后就一直待在这片令人窒息的黑暗中。现在，年轻人惊讶地发现自己的某些想法和刚来的那时候以及来此之前相比，竟有了很大的变化，发现一个人能吃饱饭，原来并不是唯一的最重要的事情，与这件事情相并列的，至少还应该有自由。如果一辈子都待在这间黑屋子里，每天都能吃饱饭，那又有什么意思？还不如去死。想起来此之前，他那么恳切地希望宝才将他带走，想起即将就要到口的饭，一路上他是那么积极主动地配合着宝才的工作，不用他像对待别的人那样操心、防范，而又处处维护着他的威严。想起来，宝才将他从十几里外的地方带到公社，一路上比牵一只山羊还要轻松、放心，他宝才治安了几十年，什么时候遇到过这样轻松愉快的差事？他的神经不仅不需要高度紧张，即使闭上眼睛走也不会有什么闪失，唯一需要防范的是路上的那石头。那时候，即使宝才有事缠身，命令他独自一个人到公社去受审，他也会欣然前去的，保证等宝才回到公社后，他正在台阶前老老实实地等着他，等他回来后用绳子狠狠地捆他，大声地拷问他，用下流的话骂他。他见过宝才骂人。有一年夏天，几个孩子在一个大水坑边拔牛毛，正巧被从那里经过的宝才看见了。宝才对那几个孩子说：“想拔回去拔你妈的毛去！”孩子们一听就全跑了，水边只剩下几头牛和一片一片的水草。

有一段时间，年轻人想着想着，不知不觉地流出了眼泪。起初他并没有意识到自己流泪了，还以为是屋顶上漏下来的滴水。

我要是死在这里才冤呢，那才叫冤呢。年轻人想。只有宝才和食堂的老李知道他被关在这间没有一点儿亮光的黑屋子里，他们要是不说，没有人能找到他，谁也不知道他在这里。

年轻人越想越害怕。过了一会儿，他又睡着了。

小窗户上的那块让他与世隔绝的木板被打开的时候，年轻人还在昏昏沉沉地睡着。老李在外面用勺子敲着窗户，大声地让他过来拿饭。年轻人从潮湿的地上坐起来，来到小窗户前。老李在外面对他说：

“干什么呢？半天不过来！”

“我睡着了。”他对老李说，“还做了一个梦。”

“你还有心思睡？”老李说，“还有心思做梦？”

这个老李啊，做梦能由人控制吗，又不是我非要做，是它自己跑过来的。年轻人想。

“老李，晚上的菜里有没有辣椒？我喜欢吃辣椒。”老李很奇怪地看了他一眼。

“你喜欢？你以为你是谁？喜欢什么就会有什么？你安静点儿吧！你以为你是我们公社请来的客人呢。”

老李的头和脸上的胡子在外面闪了一下就不见了。

一看见李书记的那种愁苦的痛不欲生的样子，宝才就知道他的牙痛的毛病又犯了。李书记坐在那里龇牙咧嘴的，吸溜吸溜的，难以承受的疼痛使他的心情变得十分恶劣，看什么都不顺眼。这些年来，不管工作多忙，李书记从未放弃过任何一个能够根除牙病的机会，别人也在帮他留心这事，但收效甚微，有时甚至疼起来的时候比前些年还要厉害。各种办法都想过了。光宝才一个人就为李书记介绍过至少十位牙医，这还不包括那些奇怪的民间偏方和土办法，但每一次治疗的结果都让认真配合治疗的李书记感到更加绝望。宝才也常在心里暗自嗟叹，那些牙医们也太不争气了，只懂得收钱，从来不知道把自己的技术钻研钻研。彻底治不好了，完全没有希望了，李书记时常这样想。但有一点他永远也不明白，为什么越治越厉害，甚至不如过去。李书记是一个认真而随和的人，但这件事多年来留给他太多的尴尬和绝望，使他对包括牙医在内的一切医生充满了看法，当然，这只是他个人的一种看法，并不代表公社革委的意见，但革委一班人马大都赞同这种看法。

已经有两天了，李书记没有正式吃过一顿饭，每天只喝一点牛奶。李书记说，不是我胃口刁钻吃不下什么东西，完全是这倒霉的牙在作怪。粮食和蔬菜以及其他一切副食，都是劳动人民用血汗创造出来的，还有比那更好吃的吗，肯定没有了。从这个意义上来说，牙痛常常迫使他远离人间烟火，仿佛过起了一种修行般的生活，这使他感到多少有些辜负了党对他多年的培养和人民对他的期望，急病乱求医也常常是基于这样的考虑。在他看来，这样的一种久治不愈的毛病也可以算是人间的疑难杂症了。多年的牙病终于酝酿、演绎为他的一种心病，遇到心情异常愁闷烦躁的时候，他也会失去平日的理智。他说他什么都不想吃，只想把这个乱七八糟的世界狠狠地咬一口。

前来参加会议的公社联校校长万念听到李书记这样说时，突然笑了起来。万念露出嘴里的黑黑的牙齿，十分憨厚地笑着，一副大智若愚的样子。李书记看着在一旁傻笑的万念，对方嘴里的那些乱七八糟的牙齿让他若有所思。不久，李书记问万念是不是也有牙痛的毛病。看那样子，痛起来的时候也一定手足无措，非常厉害。万念说，不痛，从来就没有痛过，从未体验过牙痛是一种什么感觉。李书记不解地看着对方，像是在对众人又像是自言自语地说，怎么可能呢，怎么可能会不痛呢？真是一件奇怪的事情。听到李书记这样说，万念想，不痛就是不痛，这有什么好奇怪的呢，难道大家都有一样的毛病才算是正常的吗？想到这里，他对李书记说：

“我牙是不痛，但经常头痛。另外，每次喝多了酒的时候，手就会不由自主地颤抖，拿什么都拿不住。”

李书记充满关切地看着万念，说：“要注意了。身体是革命的本钱，把本钱没了，就什么都干不成了。”

很多人都在点头，发出一阵嗡嗡的声音。

列席公社扩大会议的，除了正式的委员外，还有各村的党支部书记和会计，联区校长万念和卫生院的史院长也是与会者之一，他们坐在一起，互相交换着让对方和自己都感到无比困惑的眼神。人们都抽着烟，还有人将两支烟接成长长的一支，十分吃力地吸着，烟雾中不时地传来公社团委书记苏梅的清脆的咳嗽声。眼下她正怀着孕，她在为自己腹中的胎儿担忧。

一位党支部书记从人群中站起来，对苏梅说：

“等生下来后，你要是嫌不好就给我，你不要我要。我的几个孩子都是在烟雾中长大的，锤炼出来的，一个比一个结实。”

在人们的笑声中，苏梅说：

“凭什么给你？”

“这不就完了吗。”那位支部书记说。

会议开始了。李书记对大家说：

“今天，我主要讲九个大问题，每个大问题包括九个小问题。”

众人又嗡嗡地叫起来的时候，宝才说：

“大家要认真地听，李书记是忍着巨大的牙痛来给大家开会的。”

“说这干什么？”李书记对宝才说，“牙痛的事能在会上说吗？应该到医院去说。”又对众人说：“大家不要听宝才胡说，我不牙痛，我的牙一点儿都不痛，可以说好得很。”

有一个村里的会计给李书记说了一个偏方，建议他每天嘴里含一口冷水，以减轻疼痛。李书记听完后，笑得嘴里咝咝的，笑声重新又牵动了他的疼痛。他忍着痛，对那位会计说：

“开会吧。不行，你那个办法不行，十年前我就试过了。”

“对不起，李书记，”那位会计说，“这么多年来，我还一直以为它很灵很管用呢，我没想到它竟然不顶事。”

“这不怨你，这怎么能怨你呢。”李书记说，“谁还没有个盲人摸象的时候？想当年，我也和你一样。”

会议开到快一半的时候，卫生院的史院长再也坐不住了，他坐的椅子不断地发出吱吱扭扭的响声，李书记在讲话的过程中有好几次将眼角的余光瞟向他。毫无疑问，史院长既在折磨他身下的那把摇摇晃晃的椅子，同时也在折磨着大家。

李书记说：“我们有些同志……”

后来，史院长终于站起来了，向李书记请假。他说他走的时候，有一个女人正在他们卫生院里生孩子，他得赶紧回去看看。

李书记说：“有医生在，你回去干什么？”

“是难产，难产呀李书记！”史院长大声疾呼道，“我走的时候，正较劲呢，这么半天，不知怎么样了？”

“你觉得你回去，她就不难产了吗?”李书记说。

“我估计，我分析……”史院长看看众人，欲言又止。李书记让他把话说下去。他说：“她那个地方也许太小，而孩子又极有可能很大，所以根本没有办法出来。来时的路上，我就在想，必要时得采取非常措施，用剪刀把她那里剪开……可是，如果我不在场，医生们谁也不敢给她随便来一剪子，那毕竟不是剪头发，即使剪错了也没关系。”

听史院长这样一说，很多人的嘴里都同时发出了咝咝的声音，仿佛被剪的是他们自己，连李书记也用手捂着左边的脸腮，目不转睛地看着史院长。李书记对史院长说：

“你去吧。要保证安全，保证大人和小孩的安全。实在要选择的话，首先要选择大的。留得青山在，不怕没柴烧，有鸡在，就不愁没有蛋。”

史院长表示回去以后要立即把公社党委的意见达给每一个人，尤其是那位正在生死线上挣扎着的产妇，更要让她知道有人在关心着她，而且距离她并不远。这以后，他像是逃窜一样从会场里跑了出去，下台阶的时候，没有一级级地下，而是直接从最上面跳了下去。

万念看着史院长倏忽即逝的背影。会议开到现在，他还没有弄明白这个会和自己有什么关系，他自我感觉自己像一尊泥像，被不容分说地搬运到这里。他以为会议的内容会有一点儿变化或新东西，但说到最后依然没有。有一段时间，尽管他的眼睛还睁着，甚至睁得很大，但整个人实际上已经睡着了。难得的是，难能可贵的是，他并没有因此而放肆地打起呼噜，身体也没有向前倒伏或向一边歪去，依然保持着一个独立静坐的姿势。要不是有人后来突然用力拍了两下桌子，他或许会做一个好梦呢，很难说会梦见什么让人惊喜让人意想不到的东西。清醒之后，他听到李书记正在痛心疾首地说：

“……大家看看，革命在这些人的眼里成了什么？”

他的身体微微前倾了一下，以百倍的清醒和注意力看着李书记，但不知对方在说什么。“这些人”是些什么人？革命一定被演义得变了形，情形一定糟透了。他无法归纳，只能猜测。他问身边的一个人，刚才是谁在拍桌子？那个人低声说，谁有资格在这里拍桌子就是谁拍的。他哦了一声。又看看那个人，觉得虽然长得有些粗笨，却是个会说话的人，又觉得人真是不可貌相。

他重新坐直了身体，以无限的热情和极大的敬意看着李书记，心里却在想，好你个李书记，不好好地开会，拍什么桌子！

他想起有一次在距离公社门口不远的地方，看到一行歪歪扭扭的字，这样写道：

李书记是个王八蛋，宝才也是

他断定写这句话的人一定不知道李书记的大名，否则不会以职务代替。他想象那该是一位苦大仇深的贫农或一个从小就懂得愤世嫉俗的孩子。他急忙收住像水一样快要溢出来的笑声，飞快地向学校里走去。一路上，他一直在想，在广大的人民群众中间，从来都蕴藏着一种巨大的取之不尽的无限能量和数不清的星星之火，虽然多数的时候看起来是无形的，在四处分散的，但要紧的是这样的东西一直都在存在着，这是一个最重要的基础和前提，甚至是一切事情的基础和前提……现在，他觉得自己开始有些理解早期的那些革命家们了，理解他们当年为什么一发动群众，就呼呼地发动起来了，不仅仅是因为他们会说，言语具有很大的煽动性，而是由于他们说出了他们多年以来的愿望，又说出了实现那愿望的办法和途径。

八

快到家门口的时候，宝才告诉李书记，这几天家里没人收拾，很乱，可能和一个狗窝差不多了。李书记望着远处的逶迤的青蓝色的山岭，有些漫不经心地问道，为什么会这样呢？宝才说，家里没个女人还真不行。又说，要是有两个就好了，一个去奔丧，另一个留在家里操持家务。奔丧的那个她尽管去奔去，想奔多长时间就奔多长时间，没有人管她，也没有人盼她，想她，这样一来……李书记的目光从远处的山岭间收了回来，很严厉地看着他，却不说什么。宝才说，我是在胡说呢，所有的人都是一夫一妻制，我怎么能娶两个，我又不是从前的地主老财。你这个人啊！李书记叹息了一声，看上去想说什么，却又把目光抛到了远处。

家里其实并不像他所说的那么乱，比他们想象得要好。猫盘踞在炕上，警惕而又虎视眈眈地等待着从外面进来的人，看清是主人后，随即又闭上眼睛，继续入定，轻轻地几乎不易察觉地念着经，身上的黄毛也不见起落和波动。

“李书记来了，连个招呼也不打?”宝才说。

“光顾念经!”

李书记说：“念的是什么经？猫经吧?”

“它能念什么!”宝才说，“既不是课文，也不是社论，和阶级斗争也没有关系，一点儿边都不沾。”

宝才有两个儿子，一个叫运星，一个叫行星，原是两个想入非非、好高骛远的年轻人，这几年不断地碰了一些钉子，开始变得比原来实际多了。最小的行星几次跟父亲提出，想向兽医学习技术，但都被做父亲的否决了。宝才不喜欢兽医，包括他的技术，这是一个原因。还有一个，宝才一直认为兽医有问题，尽管现在还一直没有水落石出。宝才经常想，别让我抓住什么，抓住了再放手，可就没那么容易了。回家的路上，宝才还在向李书记建议，说兽医这个人我们不能要了。李书记说，他是国家干部，哪能说不要就不要了？他要是墙上的一个钉子，我们就把他拔出来扔掉，问题是他不是一个钉子。宝才说，他是一个人。李书记瞪了他一眼，说，既然什么都明白，那还胡说什么！又对他说，以后不要再拿这些没用的废话来折磨我，消磨我的时间。那些废话常常使他正在思考着的一些问题发生断裂和堵塞，然后消失，跑得无影无踪，而且多数时候永不再回来，永不再重现，使一些好不容易才有的眼看就要形成的思想从此烟消云散，完全是毁灭性的打击。要知道损失的思想——一个人能有多少思想？又能有多少经得起这样的流失？心中的懊恼是不言而喻的。

坐了一会儿，李书记要走，宝才有些急躁地拦住了李书记，让李书记无论如何在他这里吃饭。李书记说，这样不好吧，让群众看见，会怎么想？宝才有些沉痛地说，先不要说群众，先说说我自己，我在您手下干了这么多年，您今天要是不在我这里吃饭，我以后还怎么有脸去公社上班？李书记见他说得恳切，就不再坚持要走了。宝才又说，别看今天家里没有女人，没有女人，也照样不怕。没有屠户，我们照样不吃带毛的猪，没有女人，我们一样能做出一顿真正的饭来。这以后，他很快地杀了一只鸡。

褪鸡毛的时候，他想起有一次在家里留一位武装部长吃饭，他临时抓来一只猫，去掉头尾后，冒充兔子，竟然吃得那位武装部长像日本鬼子一样朝他直竖大拇指，赞不绝口，还不住地询问兔子是哪里的兔子，野兔还是家兔?

鸡炖进锅里以后。他又来到院里，站在院墙下跳起来摘豆角。豆角是隔壁邻居家的，由于不住地疯长，已经越过墙头，有很大一部分长到他的院子里来了。前几天，他就在院墙下一蹦一跳地摘过一次了，豆角架被他一跳一跳地扯动得厉害，晃荡中被隔壁的女人发觉了。女人没有直接骂他，而是站在院子里指桑骂槐，指着几只鸡骂他，主要是骂他不要脸。宝才在这边的院子里听得真真切切。那时候他想，我要是连她也一起摘掉，她就不会骂我了。

这天，他和李书记说了很多话，两个人都有些微醺。

李书记说，我要回去了，迟到了，老师会骂我的。

他听了，心里一惊，对李书记说：

“李书记，你醉了，真的醉了。”

李书记斜着眼看着他，说：

“你才醉了。”

他想，李书记说他没醉，那可能就是我有问题了。他的眼前很花、很乱，有许多看上去很玄妙的东西在动来动去，还有的动着动着就变成了双数或复式的。他清清楚楚地看到李书记有四只耳朵，心里感到既吃惊又害怕，不住地翻腾、彷徨，但又不敢当面提出来。好家伙！有四个耳朵哩！看着坐在对面的李书记，他不住地想。他知道有些事情可以当着别人的面提出来，但有些却永远都不能，无论对方是谁。

李书记的四只耳朵在他的眼前像风轮一样转动着，有时忽然一起停下来，变得十分安静，看上去又像是四只举起来的小手。怪不得能当公社书记呢。

李书记的脸上浮现着一种枯木逢春般的笑容。

宝才几次向李书记指出目前阶级斗争的严重性，李书记不说话，还是笑着，仍然是那种对一切都不怎么计较的样子。宝才想，这个四只耳朵的人啊，别的可以不计较，这也能不计较吗？照这样下去……他们一人又干了一杯。之后，李书记低着头说，这酒好辣啊！我不喝了。

宝才觉得李书记真的有点儿问题了，喝了几十年酒，到今天才明白酒是辣的，这样的一个发现，来得是不是晚了一点。

到李书记真正要走的时候，他的帽子不见了。两个人找了半天，也没有发现。李书记怀疑自己的帽子被宝才坐在身体下面，让宝才起来。宝才起来后，却并没有。宝才对李书记说，你也站起来吧，说不定在你自己下面压着呢。李书记说，胡说！不可能的事！我怎么会把自己的帽子坐在下面呢。嘴里虽这么说，但也并不敢肯定帽子就一定不在他自己的身体下面，说着也摇晃晃地站起来了。宝才一看，也确实没有。李书记有些不高兴地对宝才说，没有吧？我说什么来，我说没有，你还不信，非让我也站起来，你这个人啊！

宝才疑疑惑惑地说："一顶帽子，能跑到哪里去呢？总不会自己飞走了吧？"

猫正在炕上左右跳跃，胡子变得又直又硬，龇着牙，发出老虎一样的低声的怒吼。李书记定睛看了一会儿，突然叫道：

"他妈的那是什么？那难道不是我的帽子吗？"

顺着李书记的声音，宝才也终于看到猫正在向一个黑蓝色的东西发起一次又一次的进攻——那正是李书记的帽子。它把它当成了一个敌人，一位不速之客。使自己一次又一次地发怒、咆哮、吹胡子瞪眼地上下翻腾，两只前爪一会儿将李书记的帽子拼命地摁住，一会儿又闪到一边，用一种深思熟虑的目光打量着，谋划着下一次的进攻。有时故意遗忘，然后再给自己创造、迎来一次意外的发现和惊喜。正当它又要开始冲击李书记的那顶帽子时，宝才突然对它大声喝道：

“住手！”

“这狗日的，总是趁我们两个人都不注意的时候拿走了。”宝才对李书记说。李书记说：

“赶快给我要回来，我要走了。”

于是，宝才对猫说：“赶快把李书记的帽子拿过来。”

猫将头伸进李书记的帽子里，一会儿将帽子顶在自己的头上，在靠近窗户的那一带奔跑，接着又慢慢地行走。

李书记摇着头说：“不像话，真不像话！岂有此理！”

“听见没有？快把李书记的帽子拿过来！”宝才对猫说，“李书记要走了。还有很多极其重要的事情等他去处理呢。”

猫戴着李书记的帽子，停下来，远远地看着宝才和李书记。

“拿来，快把李书记的帽子给李书记拿过来。”宝才对猫说。“听见没有？”

火车带着弥天的大雾和尖利的叫声从人们的生活中间穿过，很多人经常从各自的房子里被震出来，站在墙外或树下，看着那一列长长的铁甲，心头浮过一些陌生而又熟悉的东西。

有人会想起当初修建铁路时，那些长年驻扎在这里的浙江人，想起他们的夏日里的帐篷，以及碗里的白色的大米和黑色的紫菜汤。到晚上，一群人男女混杂地睡在一起，时常引来一些躲在黑暗中的窥探者。住地四周积满了一汪一汪的灰白色的水，像护城河一样环绕着他们，那是他们洗浴过后的污水，水中散发着浓烈的香皂和廉价香水的气味。这些喜欢嚼水果糖的人，身上也时常散发着一种甜腻的气息。当地的人们第一次聆听到的劳动号子，就是由他们带来的。此前，人们并不知道干活儿的时候还可以唱歌，可以呼喊。有一个身材高大丰满的女人异常引人注目，她是跟随她的男人一起来的，但并不干活，每天无事可做，她是用大价钱娶来的。女人生了一个孩子，叫毛弟。毛弟是一个小男孩，身体像他的母亲一样结实，那时候已经有三四岁了，时常如同一个皮球一样到处滚来滚去。谁看见毛弟，都要停下来逗一逗，也有人醉翁之意不在酒，不在毛弟的身上。很多人都认识毛弟，都知道他是南蛮子的儿子。

有一天夜里，飞沙走石，刮了一夜的大风。第二天早上的时候，他们全部消失了，只留下一片散发着香皂和廉价香水气味的湿地。

火车的到来，使余天在不长的时间内练就了一身扒火车的本领，从此他远离了过去的铁丝网。先是在路基下面跟着火车跑一阵，然后突然飞身攀上去，像一块磁铁一样牢牢地吸附在上面。有时，他一手抓着栏杆，另一只手和另一条腿伸在空中，像一只迎风展翅的鸟，频频地向下面的人们招手致意。

很长一个时期内，他被人们称为铁道游击队队长。

在飞奔的火车上，他常常与他的一些学生们会不期而遇，其中的尴尬不言自明。每次，他都劝学生们下一次不要再来了，但当他下一次上去的时候，又会遇到他们，他们早就在上面了。大多数的时候，火车上载着煤，但偶尔会有整车整车的甘蔗或甜菜，甚至花椒和大米，过度的惊喜常常让他们感到眩晕，有些不敢相信自己的眼睛和所见，不敢相信火车上居然什么都有。美不胜收——这是他们师生一致的看法和共同的心声。解开裤子往里灌吧，还等什么！于是，在飞速行进的火车上，出现了师生互相帮助的情景，老师往学生的袖筒里装花椒，学生给老师的裤筒里灌大米……够了吧？不行，好像还能装一点儿。下一次，下一次我要穿我爹的那条裤子，那个裤筒里装个人都不成问题。傻瓜！你以为大米经常有吗？等你穿着你爹的肥裤子来了，大米都被你吓跑了。要知道，并不是每趟车都有大米，十趟有九趟是没有的。

但上去的时候容易，下来就难了。学生们和他一样，都发愁如何下车。长期以来，下车一直是让他们感到最棘手最头疼的一个难题，几乎每一次都要负伤在身。如同一个善于制毒的人，却一直不知道如何解毒一样。尤其是余天，每一次都会像是一个沉重的包袱一样从上面被无情地甩下来，然后顺着路基，一直滚落到下面的某一个阴暗潮湿的涵洞里，摔得鼻青脸肿，伤痕累累，有时甚至不省人事。

那期间，他每天还要到学校去上课，有时打着绷带出现在讲台上。有一次他布置学生写作文，作文的题目是：我的理想。有的学生的理想是：当公社书记或者军人。有的竟直截了当地非常露骨地说，希望将来能接李书记的班，让李书记把现在的位置传给他。这可能吗？他批改道，我们一个班怎么可能出那么多公社书记，公社书记又不是土豆或兔子，可以一窝生很多，想有多少就能有多少。另外，就算是卵生的，也不能保证出壳率就一定很高（且不说出壳后还有一个成长的过程），到时候能出十个公社书记就已经非常了不得了，就足以能把教育局的那些人吓死了。另有一些人表示将来要为共产主义奋斗终生，具体干什么没有写。有至少一半的人希望能够得到一件隐身衣或者是一把万能钥匙，甚至一个要什么有什么的聚宝盆。

一天清晨，一位割草的老人在路过一个涵洞前时，发现了死在那里的余天。老人把余天的身体翻过来，看到他的身边流了很多暗红色的血，已经干了。

这年秋天的时候，兽医也死了。与兽医一同死去的，还有白庙村的一头牛。兽医为它治了几天也没有治好。后来，兽医自己也病得不行了。兽医临死的时候，十分愧疚地对白庙村的支书说：

“对不起。”

声音很低很轻，微弱极了。

白庙村的支书一边让人剥牛，准备分牛肉，一边派一个放牛的孩子带着白庙人民对兽医的哀痛和深切怀念，到公社和兽医的家里去报信。

孩子走出去没多远，忽然听到村中传来一阵小猪的叫声。他停下来，回过头向轮廓模糊的村子看了一会儿。

二〇〇一年四月

编后记

除了另外三部长篇小说以及部分短篇小说由于版权等原因未能收入外，这次编辑出版的作品系列囊括了我目前面世的全部作品，共计有长篇小说六部、中篇小说四十四部、短篇小说三十七部。在各册的编排上，力求和谐。不过，因篇幅字数的差异，有时又确难做到内容与风格上的高度一致甚至相近，如此，同一册之中，有时会有完全不同面目的作品并存。阅读一本风格内容相近的书犹如在一个熟悉宁静的地方漫步，反之，则如同在同一座山上浏览四季；对于阅读者来说，很难说哪一种方式更好。也许，这中间并不存在可比性。此外，部分篇章中偶有另造之词句，我视之为自己之词句，更视之为一个写作者对于语言、对于表达所做之努力或曰贡献。我不喜并厌恶被无数人咀嚼过无数遍的词句及语言，故在与各册编辑商榷后，使它们得以保留。保留它们，也意味着保留了我之所思所想，更是一次与它们生离死别之苦痛的避免。

这套作品系列，贯穿了我迄今为止的写作生涯，从最早到最近。

感谢此系列最早的策划者续小强、孟绍勇二位青年才俊，感谢北岳文艺出版社，感谢北岳文艺出版社众位编辑朋友在此系列的编辑、校阅、出版过程中付出的大量艰辛的劳动和努力，她们认真、求真、严谨细致的工作作风和编辑精神给我留下了深刻难忘的印象，也使我深为感动。

吕　新

二〇一七年十月二十四日